ATÉ MAIS, E OBRIGADO PELOS PEIXES!

DOUGLAS ADAMS

ATÉ MAIS, E OBRIGADO PELOS PEIXES!

2ª Edição

SEXTANTE

Título original: *So Long, and Thanks for All the Fish*

tradução
Marcia Heloisa Amarante Gonçalves

preparo de originais
Carlos Irineu da Costa

assistente editorial
Alice Dias

revisão
Antonio dos Prazeres
Sérgio Bellinello Soares

diagramação
DTPhoenix Editorial

capa
Marcelo Martinez

ilustração da capa
William Medeiros

fotolitos
R R Donnelley América Latina

impressão e acabamento:
Cromosete Gráfica e Editora Ltda.

CIP-BRASIL. CATALOGAÇÃO-NA-FONTE
SINDICATO NACIONAL DOS EDITORES DE LIVROS, RJ

A176r Adams, Douglas, 1952–2001
Até mais, e obrigado pelos peixes! / Douglas Adams; [tradução de Carlos Irineu da Costa]. – Rio de Janeiro: Sextante, 2005.

Tradução de: So long, and thanks for all the fish
ISBN 85-7542-199-9

1. Comportamento humano – Ficção. 2. Ficção inglesa. I. Costa, Carlos Irineu da. II. Título.

CDD 823
05-3277 CDU 821.111-3

Rua Voluntários da Pátria, 45 – Gr. 1.404 – Botafogo
22270-000 – Rio de Janeiro – RJ
Tel.: (21) 2286-9944 – Fax: (21) 2286-9244
E-mail: atendimento@esextante.com.br
www.sextante.com.br

Para Jane,

com agradecimentos

a Rick e Heidi, pelo empréstimo de seu evento estável,
a Mogens e Andy e a todo mundo em Huntsham Court,
por alguns eventos instáveis,
e especialmente a Sonny Mehta,
por permanecer estável em meio a todos os eventos.

prólogo

Muito além, nos confins inexplorados da região mais brega da Borda Ocidental desta Galáxia, há um pequeno sol amarelo e esquecido.

Girando em torno deste sol, a uma distância de cerca de 148 milhões de quilômetros, há um planetinha verde-azulado absolutamente insignificante, cujas formas de vida, descendentes de primatas, são tão extraordinariamente primitivas que ainda acham que relógios digitais são uma grande idéia.

Este planeta tem – ou melhor, tinha – o seguinte problema: a maioria de seus habitantes estava quase sempre infeliz. Foram sugeridas muitas soluções para esse problema, mas a maior parte delas dizia respeito basicamente à movimentação de pequenos pedaços de papel colorido com números impressos, o que é curioso, já que no geral não eram os tais pedaços de papel colorido que se sentiam infelizes.

E assim o problema continuava sem solução. Muitas pessoas eram más, e a maioria delas era muito infeliz, mesmo as que tinham relógios digitais.

Um número cada vez maior de pessoas acreditava que havia sido um erro terrível da espécie descer das árvores. Algumas diziam que até mesmo subir nas árvores tinha sido uma péssima idéia, e que ninguém jamais deveria ter saído do mar.

E, então, uma quinta-feira, quase dois mil anos depois que um homem foi pregado num pedaço de madeira por ter dito que seria ótimo se as pessoas fossem legais umas com as outras para variar, uma garota, sozinha numa pequena lanchonete em Rickmansworth, de repente compreendeu o que tinha dado errado todo esse tempo e finalmente descobriu como o mundo poderia se tornar um lugar bom e feliz. Desta vez estava tudo certo, ia funcionar, e ninguém teria que ser pregado em coisa nenhuma.

Infelizmente, porém, antes que ela pudesse telefonar para alguém e contar sua descoberta, aconteceu uma catástrofe terrível e idiota e a idéia perdeu-se para todo o sempre.

Esta é a história dessa garota.

capítulo 1

Naquela noite escureceu cedo, o que era normal para aquela época do ano. Fazia frio e ventava bastante, o que também era normal.

Começou a chover, o que era particularmente normal.

Uma espaçonave aterrissou, o que não era.

Não havia ninguém que pudesse vê-la, exceto alguns quadrúpedes incrivelmente burros que não tinham a menor idéia do que pensar a respeito, ou mesmo se deviam pensar alguma coisa, ou comer aquela coisa, ou o que fosse. Fizeram então o que sempre faziam, que era sair correndo e tentar esconder-se um debaixo do outro, o que nunca dava certo.

A nave deslizou das nuvens, aparentemente equilibrando-se em um único feixe de luz.

De longe, dificilmente seria notada em meio aos relâmpagos e às nuvens carregadas, mas vista de perto era estranhamente bela – uma nave cinzenta, elegantemente esculpida: bem pequena.

É claro que ninguém pode saber ao certo o tamanho ou a forma das diferentes espécies, mas, se você considerasse as descobertas do último relatório do Censo Galáctico Central como um guia preciso de médias estatísticas, provavelmente chutaria que a nave era capaz de comportar cerca de seis pessoas, e estaria certo.

Provavelmente você acertaria de qualquer maneira. O relatório do Censo, como a maioria das pesquisas, havia custado uma fortuna e não dizia nada que as pessoas já não soubessem – exceto que cada habitante da Galáxia tem 2,4 pernas e possui uma hiena. Já que isso obviamente não era verdade, todo o resto acabou sendo descartado.

A nave deslizou silenciosa pela chuva, com as suas pálidas luzes envolvendo-a em agradáveis arco-íris. O seu zumbido, bem discreto, tornou-se gradualmente mais alto e intenso conforme a nave se aproximou do solo, transformando-se em uma forte vibração quando ela estava a uns 15 centímetros do chão.

Finalmente aterrissou e ficou em silêncio.

Uma escotilha se abriu. Um pequeno lance de escadas se desdobrou.

Surgiu uma luz na abertura, uma luz brilhante irradiando na noite encharcada, e sombras moveram-se lá dentro.

Uma figura alta surgiu na luz, olhou à sua volta, hesitou e então desceu correndo pelos degraus, carregando uma grande sacola de compras debaixo do braço.

Virou-se e acenou bruscamente. A chuva já começava a correr pelo seu cabelo.

– Obrigado – gritou ele –, muito obriga...

Foi interrompido pelo estrondo súbito de um trovão. Olhou para cima, apreensivo, e, lembrando-se subitamente de algo, começou a vasculhar a grande sacola plástica de compras, descobrindo que estava furada no fundo.

Na sacola estava escrito em letras garrafais (para qualquer um que pudesse decifrar o alfabeto centauriano) Mega Mercado Duty Free, Porto Brasta, Alpha Centauri. Faça Como o Elefante Vinte e Dois de Valor Inflacionado no Espaço – Ladre!

– Espere! – gritou a figura, acenando para a nave.

Os degraus, que já estavam se recolhendo para dentro da escotilha, pararam e se desdobraram novamente, permitindo que ele voltasse à nave.

Alguns segundos depois, ele surgiu novamente, trazendo uma toalha surrada e puída, que jogou dentro da sacola.

Tornou a acenar para a nave, colocou a sacola debaixo do braço e correu para abrigar-se sob as árvores, deixando para trás a espaçonave, que já tinha começado a decolar.

Os relâmpagos que cortavam o céu fizeram a figura parar por um momento e depois correr adiante, cuidando para evitar as árvores. Movia-se rapidamente, escorregando aqui e ali, encurvando-se sob a chuva que caía agora ainda mais concentrada, como se arrancada à força do céu.

Os seus pés chapinhavam na lama. Trovões roncavam acima das colinas. Ele secava inutilmente o rosto e avançava aos tropeções.

Mais luzes.

Não eram relâmpagos desta vez, e sim luzes mais difusas e fracas, que bailavam lentamente no horizonte e desapareciam.

A figura parou novamente ao vê-las e depois andou ainda mais rápido, dirigindo-se para o local onde haviam aparecido.

O terreno então começou a ficar mais íngreme, inclinando-se para cima e, uns três metros depois, a figura deparou-se com um obstáculo. Parou para examinar a barreira e depois jogou para o outro lado a sacola que estava carregando e pôs-se a escalar.

Mal a figura havia tocado o solo do outro lado quando, surgida da chuva, veio uma máquina ao seu encontro, luzes irradiando através de uma torrente de água. A figura recuou enquanto a máquina avançava sobre ela. Tinha a forma de uma gota, como a de uma pequena baleia surfando. Além do design arrojado, era cinza, arredondada e movia-se a uma velocidade aterradora.

A figura instintivamente ergueu as mãos para se proteger, mas foi atingida apenas por um jorro de água quando a máquina passou veloz por ela e sumiu na escuridão.

Alguns relâmpagos cruzando o céu iluminaram brevemente a máquina, o que deu à figura encharcada à beira da estrada uma fração de segundo para ler uma pequena placa na traseira da máquina, antes que desaparecesse.

Para a sua incrédula surpresa, estava escrito na placa: MEU OUTRO CARRO TAMBÉM É UM PORSCHE.

capítulo 2

Rob McKenna era um pobre coitado e sabia disso porque várias pessoas haviam chamado a sua atenção para esse fato ao longo dos anos e ele não via motivos para discordar, exceto o motivo mais óbvio, o fato de que gostava de discordar das pessoas, especialmente daquelas de quem não gostava, o que incluía, pela última contagem, todo mundo.

Deu um suspiro e enfiou a mão para reduzir uma marcha.

A colina começava a ficar mais íngreme e o seu caminhão estava pesado, cheio de controles termostáticos de radiador dinamarqueses.

Não que fosse naturalmente tão mal-humorado, ou pelo menos esperava que não. Era só aquela chuva que o deprimia, sempre a chuva.

E estava chovendo naquela hora, para variar um pouco.

Era um tipo específico de chuva, que ele detestava especificamente, sobretudo quando estava dirigindo. Tinha um número para ela. Era a chuva tipo 17.

Havia lido em algum lugar que os esquimós têm mais de duzentas palavras diferentes para a neve, sem as quais as suas conversas possivelmente seriam bastante monótonas. Eles distinguiam então entre neve fina e neve grossa, neve leve e neve pesada, neve derretida, neve quebradiça, neve que vem acompanhada de uma rajada de vento, neve que é levada pelo vento, neve que vem trazida pela sola das botas do seu vizinho e arruínam o lindo chão limpinho do seu iglu, as neves do inverno, as neves da primavera, as neves da sua infância que eram tão melhores do que essas neves modernas, neve fina, neve aerada, neve de colina, neve de vale, neve que cai pela manhã, neve que cai à noite, neve que cai de repente bem na hora em que você ia sair para pescar e neve na qual os seus huskies siberianos mijaram em cima, apesar de todos os seus esforços para treiná-los.

Rob McKenna tinha duzentos e trinta e um tipos diferentes de chuva anotados no seu caderninho, e não gostava de nenhum deles.

Reduziu outra marcha e o caminhão subiu o giro. Roncava de um jeito satisfeito com todos aqueles controles termostáticos de radiador dinamarqueses que estava transportando.

Desde que deixara a Dinamarca na véspera, passara pelos tipos 33 (chuvisco leve e pinicante que deixava as estradas escorregadias), 39 (gotas pesadas), 47 a 51 (de garoa vertical leve passando por garoa refrescante inclinada indo de leve a moderada), 87 e 88 (duas variedades sutilmente distintas de aguaceiro vertical torrencial), 100 (ventania uivante pós-aguaceiro, gelada), todos os tipos de tempestades marítimas entre 192 e 213 ao mesmo tempo, 123, 124, 126, 127 (pancadas frias amenas e intermediárias e tamborilar regular e sincopado), 11 (gotículas frescas) e agora a que ele menos gostava de todas, a 17.

A chuva tipo 17 era uma gosma suja, chocando-se com tanta força contra seu pára-brisa que não fazia muita diferença ligar ou não os limpadores.

Testou a sua teoria desligando-os brevemente, mas a visibilidade de fato ficou bem pior. Mas também não conseguiu melhorar muito quando ele tornou a ligá-los.

Para falar a verdade, uma das lâminas começou a se soltar.

Swish swish swish flop swish flop swish swish flop swish flop swish flop flop flop arranhão.

Esmurrou o volante, chutou o chão e socou o toca-fitas até que ele começou a tocar Barry Manilow de repente. Depois socou mais um pouco até ele parar de tocar e xingou, xingou, xingou, xingou e xingou.

Justo quando sua fúria estava atingindo o auge, lá estava, nadejante, diante de seus faróis, quase invisível por causa da gosma no pára-brisa, uma figura no acostamento.

Uma pobre figura ensopada com uma roupa esquisita, mais encharcada do que uma lontra em uma máquina de lavar, pedindo carona.

"Pobre infeliz desgraçado", pensou Rob McKenna, percebendo que ali estava alguém com mais direito do que ele de sentir-se injustiçado. "Deve estar gelado até os ossos. Que burrice, ficar pedindo carona em uma noite como esta. Você só consegue ficar frio, molhado e exposto aos caminhões que passam por cima das poças só para te molhar."

Ele balançou a cabeça entristecido, suspirou novamente, virou o volante e atingiu em cheio uma grande poça d'água.

"Você entende agora?", pensou, enquanto atravessava a poça. "Você encontra completos idiotas na estrada."

Alguns segundos depois, respingado no espelho retrovisor, estava o reflexo do mochileiro, ensopado à beira da estrada.

Por um segundo, o motorista sentiu-se bem com aquilo. Um ou dois segundos depois, sentiu-se mal por ter se sentido bem. Então sentiu-se bem por ter se sentido mal por ter se sentido bem e, satisfeito, prosseguiu noite adentro.

Pelo menos conseguira descontar em alguém o fato de ter sido finalmente ultrapassado pelo tal Porsche que ele vinha bloqueando com afinco nos últimos trinta quilômetros.

À medida que dirigia, as nuvens carregadas o seguiam, arrastando-se pelo céu na sua direção, posto que, muito embora não soubesse, Rob McKenna era um Deus da Chuva. Tudo o que ele sabia era que os seus dias de trabalho eram uma porcaria e que tinha uma penca de férias lastimáveis. Tudo o que as nuvens sabiam era que o amavam e queriam ficar perto dele, para acalentá-lo e derramar água sobre a sua cabeça.

capítulo 3

Os outros dois caminhões que passaram em seguida não eram dirigidos por Deuses da Chuva, mas fizeram exatamente a mesma coisa.

A figura arrastou-se, ou melhor, chafurdou até a colina se inclinar novamente e ele deixar aquelas traiçoeiras poças d'água para trás.

Um pouco depois, a chuva começou a ficar mais branda e a lua surgiu brevemente por trás das nuvens.

Um Renault passou na estrada e o seu motorista fez sinais frenéticos e complexos para a figura que se arrastava, indicando que normalmente teria tido muito prazer em lhe dar uma carona, mas não daquela vez porque não estava indo na mesma direção da figura, seja lá qual fosse essa direção, mas tinha certeza de que a figura ia compreender. Concluiu a sinalização com um animado gesto de polegar para cima, como se quisesse dizer que esperava que a figura estivesse se sentindo realmente confortável por estar com frio e quase irrecuperavelmente molhado, e que esperava poder ajudá-lo na próxima.

A figura continuou se arrastando. Um Fiat passou na estrada e fez exatamente a mesma coisa que o Renault.

Um Maxi passou do outro lado da estrada e piscou os faróis para a figura que se arrastava, mas era impossível saber exatamente se aquilo significava um "Oi" ou um "Foi mal, estamos indo na direção contrária" ou ainda "Olha lá, tem um cara na chuva, que babaca". Uma faixa verde acima do pára-brisa indicava que a mensagem, seja lá qual fosse, vinha de Steve e Carola.

A tempestade agora havia realmente enfraquecido e, se ainda havia sobrado algum trovão, estaria agora roncando sobre colinas mais distantes, como um homem que diz "E tem outra coisa..." vinte minutos depois de admitir que perdeu uma discussão.

O ar estava mais claro e a noite, mais fria. O som viajava realmente bem. A figura perdida, tremendo desesperadamente, chegara a um entroncamento, onde uma estrada lateral virava à esquerda. Do lado oposto havia uma placa, em direção à qual a figura correu subitamente, estudando-a com febril curiosidade, e só se virando quando um outro carro passou de repente.

E mais outro.

O primeiro passou correndo, com total desdém, o segundo piscou os faróis inexpressivamente. Um Ford Cortina passou e freou.

Tonta de surpresa, a figura segurou a sacola junto ao peito e correu em direção ao carro, mas na hora H o Ford Cortina cantou os pneus e saiu em disparada, achando a maior graça.

A figura foi parando aos poucos e estacou de vez, perdida e desanimada.

Casualmente, no dia seguinte, o motorista do Cortina foi para o hospital para remover o apêndice, só que, devido a uma engraçadíssima confusão, o cirurgião removeu a sua perna por engano e, antes que a remoção do apêndice pudesse ser remarcada, a apendicite transformou-se em um quadro divertidamente sério de peritonite, e a justiça, ao seu modo, foi feita.

A figura continuou caminhando penosamente.

Um Saab parou ao seu lado.

O vidro da janela desceu e uma voz amistosa perguntou:

– Andou muito?

A figura caminhou na direção do carro. Parou e agarrou a maçaneta.

* * *

A figura, o carro e a maçaneta estavam todos em um planeta chamado Terra, um mundo cuja definição no *Guia do Mochileiro das Galáxias* era composta por duas palavras: "Praticamente inofensiva".

O autor desse verbete chama-se Ford Prefect, e ele estava, naquele exato momento, em um mundo nada inofensivo, sentado em um bar nada inofensivo, criando problemas de forma imprudente.

capítulo 4

Um observador casual não saberia dizer se ele estava bêbado, passando mal ou suicidamente insano, e, para falar a verdade, não havia observadores casuais no Old Pink Dog Bar, na zona barra-pesada de Han Dold City, porque aquele não era o tipo de lugar no qual você podia se dar ao luxo de fazer as coisas casualmente, se quisesse continuar vivo. Naquele lugar, qualquer observador teria olhos de águia cruel, estaria armado até os dentes e sentiria dolorosas pontadas na cabeça, coisa que o levaria a cometer atos de loucura se observasse algo que não fosse do seu agrado.

Um daqueles silêncios desagradáveis tinha descido sobre o lugar, um tipo de silêncio de crise de mísseis.

Até mesmo o pássaro mal-encarado, empoleirado em uma haste de madeira no bar, havia parado de gritar esganiçadamente os nomes e os endereços dos assassinos de aluguel locais, um serviço que ele oferecia de graça.

Todos os olhos se voltaram para Ford Prefect. Alguns de forma maligna.

A maneira exata que Ford escolhera para jogar a sorte com a morte naquele dia era tentando pagar uma conta de bebidas equivalente ao valor de um pequeno orçamento de defesa com um cartão de crédito da American Express, que não era aceito em lugar nenhum do Universo mapeado.

– Qual é o seu problema? – perguntou com a voz animada. – A data de validade? Vocês nunca ouviram falar em Neo-Relatividade por aqui, não? Existem novas áreas da Física que podem dar conta disso. Efeitos de dilatação do tempo, relastática temporal...

– Não estamos preocupados com a data de validade – respondeu o homem a quem Ford tinha dirigido sua explicação, um barman perigoso em uma cidade perigosa. A sua voz era semelhante a um ronronar baixinho e suave, como o ronronar baixinho e suave da abertura de um silo de mísseis balísticos intercontinentais. Uma mão que lembrava um grande naco de bife tamborilou os dedos no balcão do bar, amassando-o levemente.

– Bom, então não há problema algum – disse Ford, arrumando a sua mochila e se preparando para sair.

Um dos dedos tamborilantes alcançou Ford Prefect e pousou delicadamente no seu ombro, impedindo-o de sair.

Embora o dedo estivesse preso à mão que mais parecia uma laje e a mão estivesse presa a um antebraço que mais parecia um taco de beisebol, o antebraço não estava preso a nada, exceto no sentido metafórico de que estava preso, com a feroz lealdade de um cão, ao bar que chamava de casa. Ele já estivera um dia convencionalmente preso ao dono original do bar, mas ele, em seu leito de morte, resolveu doá-lo no último minuto para a Medicina. A Medicina resolveu que não gostava do jeitão do braço e devolveu-o ao Old Pink Dog Bar.

O novo barman não acreditava em sobrenatural, Poltergeist ou qualquer maluquice do gênero, apenas sabia reconhecer um aliado útil. A mão ficava no bar. Anotava pedidos, servia os drinques, tratava de forma assassina as pessoas que se comportavam como se quisessem ser assassinadas. Ford Prefect estava sentado, imóvel.

– Não estamos preocupados com a data de validade – repetiu o barman, satisfeito por finalmente ter a atenção completa de Ford Prefect. – Estamos preocupados com o pedacinho de plástico em si.

– O quê? – perguntou ele, um tanto surpreso.

– Isso – retrucou o barman, segurando o cartão como se fosse um peixinho cuja alma batera as asas há três semanas para a Terra Onde os Peixes São Eternamente Abençoados – nós não aceitamos.

Ford considerou brevemente se devia levantar a questão de não ter outros meios de pagamento consigo, mas decidiu ficar quieto mais um tempo. A mão sem corpo estava agora apertando o seu ombro de forma gentil, porém firme, entre o indicador e o polegar.

– Mas vocês não estão entendendo – ponderou Ford, a sua expressão amadurecendo lentamente de uma leve surpresa para total incredulidade. – Estamos falando do American Express. A melhor maneira de pagar as contas conhecida pelo homem. Vocês não lêem aquelas porcarias que eles mandam pelo correio, não?

O tom de voz animadinho de Ford estava começando a irritar os ouvidos do barman. Soava como um sujeito soprando sem parar um apito durante as passagens mais lúgubres de um réquiem de guerra.

Um dos ossos do ombro de Ford começou a entrar em atrito com outro osso de seu ombro de uma maneira que levava a crer que a mão aprendera os princípios da dor com um massagista altamente habilidoso. Esperava resolver aquela situação antes que a mão começasse a colocar um dos ossos do seu ombro em atrito com qualquer osso de outra parte do seu corpo. Felizmente, o ombro onde a mão estava pousada não era o ombro onde ele pendurara a sua mochila.

O barman deslizou o cartão de volta para Ford por cima do balcão.

– Nunca – disse ele, com uma selvageria contida – ouvimos falar desse troço.

Não era de se admirar.

Ford somente o adquirira devido a um grave erro de computador, perto do final de sua estada de quinze anos no planeta Terra. Exatamente o quão grave havia sido o erro foi algo que a American Express descobriu bem depressa, e as cobranças cada vez mais histéricas e apavoradas do departamento de cobrança só foram silenciadas pela inesperada demolição de todo o planeta pelos vogons, para a construção de uma via expressa hiperespacial.

Ford tinha guardado o cartão depois disso porque achava útil carregar uma forma de pagamento que ninguém ia aceitar.

– Posso pendurar? – perguntou ele. – Aaaargggh...

Essas três palavras normalmente vinham em seqüência no Old Pink Dog Bar.

– Eu pensei – disse Ford, arfando – que este fosse um estabelecimento de classe.

Olhou à sua volta para a diversificada coleção de assassinos, cafetões e executivos de gravadoras que se escondiam bem no limite das áreas de luz tênue que marcavam os contornos das profundas sombras em que todos os cantos do bar estavam imersos. Naquele momento, todos olhavam muito deliberadamente para qualquer direção que não fosse a dele, retomando cuidadosamente o fio da meada de suas conversas sobre assassinatos, quadrilhas de drogas e contratos para lançamento de bandas. Sabiam o que estava prestes a acontecer e não queriam ver, caso fosse algo que os fizesse perder a vontade de beber seus drinques.

– Você vai morrer, rapaz – murmurou baixinho o barman para Ford Prefect, e as evidências eram favoráveis a ele. O bar costumava ter uma daquelas placas penduradas onde se lia "Por favor, não peça para pendurar a conta, pois um soco na boca geralmente machuca", mas, para torná-la absolutamente precisa, fora alterada para "Por favor, não peça para pendurar a conta, pois ter a sua garganta dilacerada por um pássaro selvagem enquanto uma mão sem corpo esmaga a sua cabeça contra o bar geralmente machuca". Isso, no entanto, tornara o aviso completamente ilegível e, além disso, o espírito da coisa se perdeu, de modo que a placa foi removida. Acharam que a história iria se espalhar por conta própria e de fato se espalhou.

– Deixa eu dar uma olhada na conta de novo – pediu Ford. Ele a apanhou e estudou minuciosamente, sob o maléfico olhar do barman e do igualmente maléfico olhar do pássaro que, naquele momento, estava fazendo um estrago na superfície do balcão com as suas garras.

Era um pedaço de papel razoavelmente grande.

Na ponta inferior havia um número que parecia um número de série, daqueles que podem ser encontrados no lado de baixo dos rádios e que a gente sempre leva um tempão para copiar no formulário de registro. É bem verdade que Ford tinha passado o dia todo no bar, bebendo uma porção de coisas borbulhantes e também havia oferecido uma quantidade impressionante de rodadas de bebida grátis para os cafetões, assassinos e executivos de gravadoras que, de repente, não lembravam mais quem era aquele cara.

Pigarreou baixinho e tateou os bolsos. Estavam vazios, como ele estava cansado de saber. Com suavidade, mas com firmeza, pousou a mão esquerda na aba entreaberta da sua mochila. A mão sem corpo renovou a pressão no seu ombro direito.

– Veja bem – disse o barman e o seu rosto parecia oscilar com certa perversidade diante de Ford –, eu tenho uma reputação a zelar. Você entende isso, não entende?

"Chega", pensou Ford. Não tinha outro jeito. Havia obedecido às regras, havia feito uma tentativa de boa-fé de pagar a sua conta e ela fora rejeitada. Estava agora correndo perigo de vida.

– Bem – respondeu ele, calmamente –, se é a sua reputação que está em jogo...

Com súbita rapidez, abriu a mochila e socou no balcão seu exemplar do *Guia do Mochileiro das Galáxias* com o cartão oficial afirmando que ele era um pesquisador de campo do *Guia* e que não podia fazer, de jeito nenhum, o que estava fazendo naquele momento.

– Vai querer uma resenha?

O rosto do barman parou no meio de uma oscilação. O pássaro parou no meio de uma arranhada do balcão. A mão foi soltando aos poucos o ombro de Ford.

– Isso – disse o barman em um sussurro quase inaudível, por entre os lábios secos – resolve tudo, senhor.

capítulo 5

O *Guia do Mochileiro das Galáxias* é um órgão poderoso. Na verdade, a sua influência é tão extraordinária que sua equipe editorial foi obrigada a criar regras severas para evitar o seu uso indevido. Por isso, nenhum dos seus pesquisadores de campo pode aceitar qualquer tipo de serviços, descontos ou tratamento preferencial de qualquer tipo em troca de favores editoriais, a não ser que:

a) tenham feito uma tentativa de boa-fé de pagar por um serviço de maneira convencional;
b) suas vidas estejam em perigo;
c) estejam realmente a fim de fazer isso.

Já que invocar a terceira regra sempre envolvia uma pequena comissão para o editor, Ford preferia se entender com as duas primeiras.

Saiu do bar, caminhando alegremente pela calçada.

O ar estava abafado, mas ele gostava porque era um ar abafado urbano, repleto de cheiros emocionantemente desagradáveis, música perigosa e o som distante de tribos policiais em guerra.

Carregava a mochila com um gingado despretensioso, pronto para dar um belo safanão em quem tentasse apanhá-la à sua revelia. Tudo o que ele possuía estava lá dentro e, no momento, não era lá grande coisa.

Uma limusine passou em disparada, desviando das pilhas de lixo em chamas e assustando um velho animal de carga, que cambaleou, urrando, tentando não ser atingindo pelo carro. Ele foi parar contra a vitrine de uma loja de ervas medicinais, disparando um alarme estridente, e seguiu capengando rua abaixo, até os degraus de uma pequena cantina italiana, onde fingiu tropeçar e cair nas escadas porque sabia que ali seria fotografado e receberia alguma comida.

Ford caminhava rumo ao norte. Achou que provavelmente estava a caminho do espaçoporto, mas já tinha pensado isso. Sabia que estava passando pela parte da cidade onde os planos das pessoas costumavam mudar abruptamente.

– Quer se divertir? – perguntou uma voz, saída de uma porta aberta.

– Que eu saiba – respondeu Ford –, já estou me divertindo. Obrigado.

– Você é rico? – perguntou outra voz.

Aquilo fez Ford rir.

Ele se virou e abriu bem os braços.

– Por acaso *pareço* rico? – perguntou.

– Sei lá – disse a garota. – Talvez sim, talvez não. Talvez você fique rico. Eu ofereço um serviço muito especial para os ricos...

– Ah, é? – disse Ford, intrigado, mas cauteloso. – E como é isso?

– Eu digo a eles que não há nada de errado em ser rico.

Tiros espocaram, vindos de uma janela bem acima deles, mas era só um baixista sendo fuzilado por ter tocado um *riff* errado três vezes seguidas. A cotação dos baixistas estava em baixa em Han Dold City.

Ford parou e tentou distinguir alguma coisa dentro da entrada escura.

– Você o quê? – perguntou ele.

A garota riu e deu um passo à frente, saindo das sombras. Era alta e tinha aquele tipo de timidez altiva que funciona superbem para quem sabe fazer direitinho.

– É a minha especialidade – continuou ela. – Fiz mestrado em economia social e posso ser bem convincente. As pessoas adoram. Principalmente nesta cidade.

– Goosnargh – disse Ford Prefect. Aquela era uma palavra betelgeusiana que ele usava quando sabia que devia dizer algo mas não sabia exatamente o quê.

Sentou-se em um degrau e tirou da mochila uma garrafa de Aguardente Janx e uma toalha. Abriu a garrafa e limpou o gargalo com a toalha, o que produziu um efeito contrário ao pretendido, no sentido que a Aguardente Janx matou instantaneamente os milhões de germes que estavam aos poucos criando uma civilização bastante complexa e esclarecida nas manchas mais fedorentas da toalha.

– Quer? – ofereceu ele, depois de ter tomado um trago.

Ela deu de ombros e apanhou a garrafa.

Ficaram sentados por um tempo, ouvindo tranqüilamente a algazarra de alarmes contra roubo vinda do quarteirão vizinho.

– Acontece que estão me devendo muito dinheiro – disse Ford –, então, se algum dia eu conseguir receber, posso vir aqui e procurar você?

– Claro, estarei aqui – respondeu a garota. – Mas quanto é "muito", no seu caso?

– Salário atrasado por quinze anos de trabalho.

– Por...?

– Escrever duas palavras.

– Zarquon – disse a garota. – Qual delas levou mais tempo?

– A primeira. Depois que eu consegui a primeira, a segunda me ocorreu naturalmente numa tarde após o almoço.

Uma bateria eletrônica enorme foi arremessada pela janela e se espatifou na calçada diante deles.

Logo ficou claro que alguns dos alarmes contra roubo no quarteirão vizinho haviam sido disparados de propósito por uma tribo policial para armar uma emboscada para a outra. Viaturas com sirenes histéricas dirigiram-se para o local, apenas para serem recebidas com uma saraivada de tiros disparados por helicópteros que surgiram com um estrondo por entre os gigantescos arranha-céus da cidade.

– Na verdade – disse Ford, tendo que gritar por causa da barulheira –, não foi bem assim. Eu escrevi coisa à beça, mas eles cortaram tudo.

Tirou a sua cópia do *Guia* de dentro da mochila.

– Então o planeta foi demolido – gritou ele. – É o tipo de trabalho que realmente valeu a pena, né? Mas, de qualquer jeito, eles têm que me pagar.

– Você trabalha pra isso? – gritou a garota de volta.

– Trabalho.

– Legal.

– Quer ver o que escrevi? – berrou ele. – Antes que apaguem? As novas revisões vão ser lançadas hoje à noite na rede. A essa altura, alguém já deve ter descoberto que o planeta onde fiquei por quinze anos foi demolido. Eles não atualizaram nas últimas revisões, mas não vão poder ignorar isso pra sempre.

– Está ficando impossível conversar, não?

– O quê?

Ela deu de ombros e apontou para cima.

Havia um helicóptero sobre eles que parecia estar envolvido em um conflito paralelo com a banda do andar de cima. Nuvens de fumaça saíam do prédio. O engenheiro de som estava pendurado pelos dedos na janela e um guitarrista enlouquecido estava batendo nos seus dedos com uma guitarra em chamas. O helicóptero estava atirando em todos eles.

– Será que podemos sair daqui?

Desceram a rua, fugindo do barulho. Cruzaram com um grupo de atores de rua – eles tentaram apresentar um pequeno esquete sobre os problemas do centro decadente da cidade mas acabaram desistindo e desaparecendo dentro daquele restaurante recentemente freqüentado pelo animal de carga.

Durante todo esse tempo, Ford estava remexendo no painel de interface do *Guia*. Enfiaram-se em um beco. Ford se sentou sobre uma lata de lixo enquanto as informações começaram a surgir na tela.

Localizou o seu verbete.

"Terra: Praticamente inofensiva."

Quase imediatamente, a tela se converteu em um monte de mensagens do sistema.

– Aí vem – disse ele.

"Por favor, aguarde" – diziam as mensagens. *"Os verbetes estão sendo atualizados via Subeta Net. Esse verbete está sendo revisado. O sistema ficará fora do ar por dez segundos."*

No final do beco, uma limusine cinza-metálico passou devagar.

– Olha – disse a garota –, se te pagarem, me procura. Estou no horário de trabalho e tem gente ali precisando de mim. Tenho que ir.

Ela ignorou os protestos semi-articulados de Ford e o deixou sentado desanimadamente na lata de lixo, preparando-se para assistir a uma boa parte de sua vida profissional ser varrida eletronicamente para o éter.

Lá fora, na rua, as coisas haviam se acalmado um pouco. A batalha policial movera-se para os outros setores da cidade, os poucos membros sobreviventes da banda de rock haviam reconhecido as suas diferenças musicais e decidido seguir carreiras solo e o grupo de atores de rua reaparecera, saindo da cantina italiana com o animal de carga, prometendo levá-lo a um bar onde ele seria tratado com algum respeito. Um pouco além, a limusine cinza-metálico estava silenciosamente estacionada à beira da calçada.

A garota correu até ela.

* * *

Ford Prefect ficou para trás, imerso na escuridão do beco, com o rosto banhado pelo brilho verde da tela. Os seus olhos iam ficando cada vez mais arregalados de espanto.

Lá onde nada mais esperava encontrar senão um verbete apagado, removido, havia, pelo contrário, um fluxo contínuo de dados – textos, diagramas, figuras e imagens, descrições emocionantes sobre o surfe nas praias australianas, iogurte nas ilhas gregas, restaurantes a serem evitados em Los Angeles, transações monetárias a serem evitadas em Istambul, clima a ser evitado em Londres, bares para freqüentar em qualquer lugar do mundo. Páginas e mais páginas. Estava tudo lá, tudo o que ele escrevera.

Com a testa profundamente franzida em perplexa incompreensão, consultava o *Guia* freneticamente, parando aqui e ali em vários pontos.

Dicas para alienígenas em Nova York: Aterrissem onde quiserem, no Central Park, em qualquer lugar. Ninguém vai se importar – aliás, não vão nem mesmo perceber.

Como sobreviver: Arrume um emprego como motorista de táxi imediatamente. Ser um motorista de táxi significa levar as pessoas para qualquer lugar que elas queiram ir, em grandes máquinas amarelas chamadas táxis. Não se preocupe se você não souber como a máquina funciona, não falar a língua, não entender a geografia ou mesmo a física básica da área e tiver grandes antenas verdes saindo de sua cabeça. Acredite, esta é a melhor maneira de permanecer despercebido.

Se o seu corpo for realmente esquisito, tente exibi-lo na rua em troca de dinheiro.

Formas de vida anfíbias de qualquer um dos mundos nos sistemas Stagnos, Nodjent e Nausália irão apreciar particularmente o East River, que, ao que parece, é mais rico em adoráveis nutrientes vitais do que a melhor e mais virulenta gosma já produzida em laboratório.

Lazer: Essa é a melhor parte. É impossível divertir-se mais sem eletrocutar os seus centros de prazer...

Ford clicou no botão, vendo que agora estava escrito "Modo de Execução Preparado" em vez do já antiquado "Acesso em Espera", que há muito havia substituído o espantosamente pré-histórico "Desligar".

Aquele era um planeta que ele vira ser completamente destruído, e havia visto com seu próprio par de olhos, ou melhor, não havia visto, já que ficara cego diante da irrupção infernal de ar e luz, mas havia sentido com seu próprio par de pés quando o solo começou a sacudir como um martelo sob eles, dando solavancos, rugindo e sendo arrancado pelos tsunamis de energia que jorravam das asquerosas naves amarelas dos vogons. E finalmente, cinco segundos após o que havia determinado ser o último momento possível, sentiu a suave náusea revolvente da desmaterialização, enquanto ele e Arthur Dent eram teleportados pela atmosfera como uma transmissão esportiva.

Não fora um equívoco, não podia ter sido. A Terra fora destruída definitivamente. Definitivamente definitiva. Evaporada no espaço.

E no entanto ali – ativou novamente o *Guia* – estava o verbete que ele próprio escrevera sobre como conseguir se divertir em Bournemouth, Dorset, na Inglaterra, do qual sempre se orgulhara, pois era uma das invenções mais barrocas que já tinha escrito. Releu o texto e balançou a cabeça, em completo espanto.

Subitamente descobriu qual era a resposta para o problema e a resposta era esta: algo muito estranho estava acontecendo e, se algo muito estranho estava acontecendo, pensou ele, queria que estivesse acontecendo com ele.

Guardou o *Guia* de volta na mochila e andou rapidamente de volta para a rua.

Caminhando rumo ao norte, tornou a passar pela limusine cinza-metálico estacionada no meio-fio e pôde ouvir uma voz suave, vinda de uma porta entreaberta ali por perto, dizendo: "Tudo bem, querido, está tudo bem, você precisa aprender a gostar disso. Pense na forma como toda a economia está estruturada..."

Ford sorriu, fez um desvio em torno do quarteirão vizinho, que agora estava ardendo em chamas, deparou-se com um helicóptero da polícia abandonado na rua, invadiu-o, colocou o cinto de segurança, cruzou os dedos e lançou-se inexperientemente no céu.

Contorceu-se temerosamente por entre os altos prédios da cidade e, tendo se livrado deles, arremeteu através do véu de fumaça negra e avermelhada que pairava permanentemente sobre ela.

Dez minutos depois, com todas as sirenes do helicóptero ligadas e seu canhão de fogo contínuo atirando a esmo nas nuvens, Ford Prefect fez um pouso forçado entre as plataformas de lançamento e as luzes de aterrissagem no espaçoporto de Han Dold, onde a aeronave se assentou como um mosquito gigante, assustado e extremamente barulhento.

Como não o havia danificado muito, conseguiu trocá-lo por uma passagem de primeira classe para a próxima nave a deixar o sistema. Acomodou-se em uma das suas enormes e voluptuosas poltronas massageadoras.

Aquilo ia ser divertido, pensou com os seus botões, enquanto a nave piscava silenciosa, atravessando as distâncias enlouquecedoras do espaço sideral e o serviço de bordo entrava em seu modo de plena e extravagante atividade total.

"Sim, obrigado", dizia ele para qualquer atendente sempre que apareciam para lhe oferecer qualquer coisa.

Sorriu com uma curiosa alegria maníaca enquanto navegava novamente pelo verbete sobre o planeta Terra que havia sido misteriosamente reintroduzido. Poderia, enfim, resolver um assunto inacabado e estava extremamente feliz por constatar que a vida havia subitamente lhe dado um objetivo sério a alcançar.

De repente pensou onde estaria Arthur Dent e se ele já sabia da novidade.

* * *

Arthur Dent estava a mil quatrocentos e trinta e sete anos-luz dali, em um Saab, bastante apreensivo.

Atrás dele, no banco traseiro, estava a garota que fizera com que ele enfiasse a cabeça na porta ao entrar no carro. Não sabia dizer se aquilo havia acontecido porque ela era a primeira fêmea da sua própria espécie que ele via há anos, ou o quê, mas ficara maravilhado com, com... "Isso é ridículo", pensou ele. "Segure a sua onda", instruiu a si mesmo. "Você não está", prosseguiu Arthur, "conversando consigo mesmo no tom de voz mais firme possível em um estado normal e racional. Você acabou de pegar carona e atravessar cem mil anos-luz da galáxia, está muito cansado, um pouco confuso e extremamente vulnerável. Relaxe, não entre em pânico, concentre-se apenas em respirar profundamente."

Virou-se no banco do carona.

– Tem *certeza* de que ela está bem? – perguntou novamente.

Além do fato de ela ser, na sua opinião, taquicardiacamente linda, não descobriu quase nada, como altura, idade, tonalidade exata do cabelo. E sequer podia perguntar alguma coisa à própria garota porque, infelizmente, ela estava completamente inconsciente.

– Ela só está drogada – respondeu o irmão da garota, dando de ombros, sem desviar os olhos da estrada.

– E você acha isso normal? – perguntou, assustado.

– Tudo legal... – respondeu ele.

– Ah – disse Arthur. – Uhn – acrescentou, após refletir um pouco mais.

A conversa, até agora, ia de mal a muito pior.

Após a comoção inicial dos "ois" de apresentação, ele e Russell – o nome do irmão daquela garota espetacular era Russell, um nome que, para Arthur, sempre evocava homens corpulentos com bigodes loiros e cabelos escovados com secador que, diante da menor provocação, começariam a usar smokings de veludo e camisas com babados e teriam de ser impedidos à força de tecerem comentários sobre partidas de sinuca – descobriram rapidamente que não gostavam nem um pouco um do outro.

Russell era corpulento. Tinha um bigode loiro. O seu cabelo era bonito e escovado com secador. Para lhe fazer justiça – apesar de Arthur não ver nenhuma necessidade disso, além do mero exercício mental –, ele próprio, Arthur, estava com uma aparência grotesca. Nenhum homem consegue atravessar cem mil anos-luz, na maior parte das vezes alojado nos compartimentos de bagagens dos outros, sem ficar ligeiramente desalinhado, e Arthur estava bem desalinhado.

– Não que ela seja uma viciada – explicou Russell de repente, obviamente como se achasse que outra pessoa naquele carro pudesse ser. – Está apenas sob sedativos.

– Mas isso é terrível – disse Arthur, virando-se para olhar novamente para a garota. Ela parecia ter se mexido um pouco e a sua cabeça deslizara para o lado, repousando sobre o ombro. O cabelo negro caiu sobre o seu rosto, ocultando-o.

– O que há de errado com ela, está doente?

– Não – respondeu Russell –, só é completamente maluca.

– O quê? – perguntou Arthur, horrorizado.

– Pirada, completamente tantã. Estou levando ela de volta para o sanatório, para pedir que tentem novamente. Deram alta enquanto ela ainda achava que era um porco-espinho.

– Um *porco-espinho*?

Russell buzinou furiosamente para o carro que dobrou a esquina, na direção deles, invadindo metade da sua pista e fazendo com que ele desviasse abruptamente. A raiva aparentemente fez com que se sentisse melhor.

– Bem, talvez não um porco-espinho – disse ele, após ter se acalmado. – Se bem que seria muito mais fácil resolver o problema se fosse assim. Se alguém pensa que é um porco-espinho, acho que basta dar um espelho pra pessoa e umas fotos de porcos-espinhos, depois esperar que ela chegue a uma conclusão sozinha e caia na real quando estiver melhor. Pelo menos, a medicina poderia dar um jeito, sabe como é. Mas, ao que parece, isso não é o bastante para Fenny.

– Fenny...?

– Sabe o que eu comprei pra ela de Natal?

– Ah, não.

– Um dicionário médico.

– Belo presente.

– Eu também achei. Milhares de doenças, todas em ordem alfabética.

– O nome dela é Fenny?

– É. Escolha uma, eu disse. Tudo o que está aí pode ser tratado. Os remédios adequados podem ser receitados. Mas não, ela tinha que ter uma coisa diferente. Só pra dificultar a vida. Na época da escola ela já era assim, sabe.

– Era?

– Era. Levou um tombo jogando hóquei e quebrou um osso do qual ninguém nunca tinha ouvido falar.

– Imagino que isso deve ter sido irritante – disse Arthur, sem muita convicção. Estava um pouco decepcionado por ter descoberto que o nome dela era Fenny. Era um nome bobo, desanimador, como o que uma tia solteirona e feia escolheria para si mesma caso não se entendesse com o nome Fenella.

– Não que eu não tenha ficado solidário – prosseguiu Russell –, mas a coisa foi meio irritante mesmo. Ela ficou mancando durante meses.

Ele diminuiu a velocidade.

– Você fica nesse cruzamento, né?

– Ah, não – disse Arthur –, faltam ainda uns oito quilômetros. Tudo bem pra você?

– Tudo bem – disse Russell, após uma breve pausa para deixar bem claro que não estava nada bem. Acelerou novamente.

Na verdade, era ali que Arthur deveria descer, mas ele não podia ir embora sem saber mais a respeito da garota que parecia ter dominado sua atenção, mesmo desacordada. Ele poderia descer num dos dois próximos cruzamentos.

Estavam voltando para a cidadezinha que havia sido o seu lar, embora Arthur nem quisesse imaginar o que encontraria por lá. Já tinha passado por alguns locais familiares, como velhos fantasmas na escuridão da noite, causando arrepios que só coisas muito, muito normais podem provocar, se vistas quando a mente não está preparada e sob um ângulo desconhecido.

Pela sua própria escala pessoal de tempo, até onde conseguia calcular, vivendo como ele vivera sob as rotações alienígenas de sóis distantes, estivera fora de circulação por oito anos, mas quanto tempo havia de fato passado ali, disso não fazia a menor idéia. Na verdade, os acontecimentos em si estavam além da sua exausta compreensão porque aquele planeta, o seu lar, não deveria estar lá.

Há oito anos-luz, na hora do almoço, aquele planeta tinha sido demolido, totalmente destruído pelas enormes naves vogons, pairando no céu do meio-dia como se a lei da gravidade não passasse de uma norma local que podia ser quebrada sem nenhum problema, ou, no máximo, uma multa de trânsito.

– Delírios – disse Russell.

– O quê? – disse Arthur, retornando de seus devaneios.

– Ela diz que sofre de delírios estranhos, de que está vivendo no mundo real. Não adianta nada dizer pra ela que ela *está* vivendo no mundo real, porque ela te diz que é exatamente por isso que os delírios são tão estranhos. Não sei quanto a você, mas eu acho esse tipo de conversa um saco. Prefiro dar logo os remédios dela e sair para tomar uma cervejinha. Quero dizer, não há nada que eu possa fazer, sacou?

Arthur franziu a testa, e não era a primeira vez.

– Bem...

– E todo esse papo de sonhos e pesadelos. E os médicos falando sobre alterações estranhas nos seus padrões cerebrais.

– Alterações?

– Isso – disse Fenny.

Arthur girou no seu assento e olhou dentro dos olhos dela, inesperadamente abertos, mas completamente apáticos. Fosse lá o que ela estivesse vendo, não estava dentro do carro. Piscou os olhos, sacudiu a cabeça e voltou a dormir em paz.

– O que ela disse? – perguntou Arthur, ansioso.

– Disse "isso".

– Isso o quê?

– Isso o quê? E como diabos vou saber? Isso, o porco-espinho, a chaminé da lareira, o outro par de pinças de Don Alfonso. Ela é completamente louca, achei que você já tivesse entendido.

– Você parece não ligar muito. – Arthur tentou dizer aquilo no tom de voz mais neutro possível, mas não deu muito certo.

– Olha aqui, cara...

– Tudo bem, desculpa. Eu não tenho nada a ver com isso. Acho que me expressei mal – contemporizou Arthur. – Tenho certeza de que você se preocupa muito com ela, sim – acrescentou ele, mentindo. – Sei que você precisa extravasar de alguma maneira. Foi mal, cara. É que eu acabei de vir de carona do outro lado da nebulosa Cabeça de Cavalo.

Olhou furiosamente para fora da janela.

Estava pasmo, pois, de todas as sensações brigando por um espaço na sua cabeça naquela noite em que estava voltando para a sua casa – aquela que imaginava ter desaparecido para sempre –, a que mais estava mexendo com ele era uma obsessão por uma garota bizarra da qual não sabia mais nada além do fato de que ela havia dito "isso" e de que não desejaria aquele irmão nem mesmo para um vogon.

– Então, ah, que alterações eram essas, as que você mencionou? – acrescentou o mais rápido que pôde.

– Olha, ela é minha irmã, eu nem sei por que estou falando com você sobre...

– O.k., desculpa. Talvez seja melhor eu descer aqui. Esse é...

No momento em que disse isso, a coisa ficou impossível, porque a tempestade que havia passado por ele subitamente ressurgiu. Relâmpagos chicoteavam o céu e alguém parecia estar derramando algo bem parecido com o oceano Atlântico através de uma peneira sobre eles.

Russell xingou e dirigiu concentrado por alguns segundos, enquanto o céu esbravejava sobre eles. Descontou a sua raiva acelerando temerariamente para ultrapassar um caminhão onde estava escrito "Fretes McKeena – faça chuva ou faça sol". A tensão foi diminuindo à medida que a chuva ia parando.

– Tudo começou com aquela história do agente da CIA que eles encontraram na represa, quando todo mundo teve aquelas alucinações, lembra?

Arthur cogitou por um momento se devia ou não mencionar novamente que havia acabado de chegar de carona do outro lado da nebulosa Cabeça de Cavalo e que estava, por esse e outros motivos similares e surpreendentes, um pouquinho por fora dos últimos acontecimentos, mas acabou achando que aquilo só ia confundir ainda mais as coisas.

– Não – respondeu ele.

– Foi ali que ela pirou. Estava num café, sei lá onde. Acho que Rickmansworth. Não faço idéia do que ela estava fazendo lá, mas foi lá que ela pirou. Ao que parece, ela se levantou, anunciou calmamente que tinha acabado de ter uma revelação extraordinária ou algo do tipo, cambaleou um pouco, ficou meio confusa e finalmente desmaiou, gritando, em cima de um sanduíche de ovo.

Arthur estremeceu.

– Sinto muito – disse ele, um pouco áspero.

Russell soltou um ruído rabugento.

– E o que – prosseguiu Arthur, tentando juntar as peças – o agente da CIA estava fazendo na represa?

– Boiando aqui e ali, é claro. Estava morto.

– Mas o que...

– Deixa disso, você se lembra da coisa toda. As alucinações. Todo mundo disse que foi uma armação, que a CIA estava testando armas químicas ou algo do tipo. Alguma teoria alucinada de que, em vez de invadir um país, ia ser mais barato e mais eficaz fazer as pessoas todas acharem que foram invadidas.

– Que alucinações eram essas, exatamente...? – perguntou Arthur, com uma voz bem tranqüila.

– Como assim, que alucinações? Estou falando sobre aquela história das grandes naves amarelas, todo mundo enlouquecendo, dizendo que íamos morrer e, de repente, puft, tudo aquilo desapareceu assim que o efeito passou. A CIA negou a coisa toda, o que significa que deve ser verdade.

A cabeça de Arthur ficou um tanto confusa. A sua mão agarrou alguma coisa para se segurar e apertou-a com firmeza. A sua boca ficava abrindo e fechando, como se pretendesse dizer alguma coisa, mas não saía nada.

– De qualquer jeito – continuou Russell –, seja lá qual foi a droga, não perdeu o efeito assim tão depressa com a Fenny. Por mim tínhamos processado a CIA, mas um advogado camarada meu disse que seria como tentar atacar um hospício com uma banana, então... – ele deu de ombros.

– Os vogons... – chiou Arthur. – As naves amarelas... desapareceram?

– Claro que sim, eram alucinações – disse Russell, olhando para Arthur intrigado. – Você está tentando me dizer que não se lembra de nada disso? Por onde você andou, pelo amor de Deus?

Essa era, para Arthur, uma pergunta tão surpreendentemente boa que ele chegou a pular do banco, chocado.

– Meu Deus!!! – gritou Russell, lutando para controlar o carro que subitamente estava tentando derrapar. Conseguiu desviar de um caminhão que se aproximava e jogou o carro para cima do gramado na margem da estrada. Quando o carro parou bruscamente, a garota no banco de trás foi arremessada contra o banco de Russell e desabou, desconjuntada.

Arthur olhou para trás em pânico.

– Ela está bem? – perguntou depressa.

Russell passou as mãos pelo cabelo escovado com irritação. Mexeu no bigode loiro. Virou-se para Arthur.

– Será que dá pra você – pediu ele – fazer o favor de soltar o freio de mão?

capítulo 6

Dali era uma caminhada de uns seis quilômetros até a sua casa: uns dois até o próximo cruzamento, onde o abominável Russell recusara-se terminantemente a deixá-lo, e, de lá, mais quatro por uma tortuosa ruela campestre.

O Saab partiu furioso. Arthur ficou olhando enquanto o carro partia, tão embasbacado quanto um homem que, depois de passar cinco anos acreditando firmemente que era cego, descobrisse de repente que só estava usando um chapéu grande demais.

Balançou a cabeça vigorosamente, na esperança de deslocar algum fato importante que pudesse se encaixar e dar sentido a um Universo que, do contrário, seria extremamente desconcertante. Mas como o fato importante, se é que existia, não deu as caras, Arthur prosseguiu pela estrada, torcendo para que uma boa caminhada vigorosa, e talvez até mesmo algumas bolhas insuportáveis, o ajudassem a reafirmar a sua existência, se possível até mesmo a sua sanidade.

Eram dez e meia quando chegou, detalhe que pôde comprovar pela janela embaçada e gordurosa do bar Horse and Groom, onde se via pendurado há anos um velho e gasto relógio da cerveja Guiness com uma imagem de uma ema com um copo de chope divertidamente entalado em sua garganta.

Aquele era o bar onde havia passado a fatídica hora do almoço durante a qual primeiro a sua casa e, depois, todo o planeta Terra foi demolido, ou então pelo menos pareceu ter sido demolido. Não, caramba, foi demolido, caso contrário onde diabos ele teria estado durante os últimos oito anos e como teria chegado até lá, senão em uma das imensas naves amarelas dos vogons, que o terrível Russell acabara de dizer que não passavam de alucinações induzidas por drogas, mas, entretanto, se o planeta foi mesmo demolido, o que era essa coisa sobre a qual ele estava de pé agora...?

Interrompeu bruscamente a sua linha de raciocínio porque não chegaria a nenhuma conclusão além da que chegara nas últimas vinte vezes.

Começou de novo.

Aquele era o bar onde havia passado a fatídica hora do almoço durante a qual aconteceu fosse o que fosse que ele iria descobrir depois que tinha acontecido e...

Ainda não fazia sentido.

Começou de novo.

Aquele era o bar onde...

Aquele era um bar.

Bares serviam bebidas e ele precisava desesperadamente de uma.

Satisfeito porque os seus confusos processos mentais haviam finalmente chegado a uma conclusão, e a uma conclusão que o deixara satisfeito, mesmo não sendo a que ele inicialmente queria, caminhou em direção à porta.

E parou.

Um pequeno fox terrier pêlo-de-arame preto saiu correndo por trás de um muro baixo e, ao ver Arthur, começou a rosnar.

Ora, Arthur conhecia aquele cachorro, e conhecia-o bem. Era de um amigo publicitário e se chamava Idiota-Sem-Noção, porque o modo como seu pêlo formava um topete na cabeça fazia as pessoas se lembrarem do presidente dos

Estados Unidos, e o cachorro conhecia Arthur, ou pelo menos deveria. Era um cachorro burro, que não conseguia nem ler um teleprompter, motivo pelo qual algumas pessoas reclamaram do seu nome, mas ele devia, no mínimo, ser capaz de reconhecer Arthur, em vez de ficar parado, de prontidão, como se Arthur fosse a aparição mais pavorosa a se intrometer em sua vida de cão medíocre.

Aquilo fez com que Arthur voltasse até a janela e olhasse novamente não para a ema asfixiada dessa vez, mas para a sua própria imagem refletida.

Vendo-se pela primeira vez em um contexto familiar, teve de admitir que o cachorro tinha razão.

Parecia-se muito com algo que um fazendeiro usaria para afugentar os pássaros e não havia a menor dúvida de que entrar no bar daquele jeito daria margem a comentários desagradáveis e, ainda pior, com certeza toparia com várias pessoas conhecidas lá dentro, que certamente o bombardeariam com perguntas que, no momento, não se sentia preparado para responder.

Will Smithers, por exemplo, o dono do Idiota-Sem-Noção, o Cachorro Antiprodígio, um animal tão imbecil que foi demitido de um dos comerciais do próprio Will por ser incapaz de saber qual das rações de cachorro devia preferir, apesar da carne em todas as outras tigelas ter sido encharcada com óleo de motor.

Will com certeza estaria lá dentro. O cachorro dele estava ali, o carro dele também, um Porsche 928S cinza com um adesivo na janela traseira onde se podia ler: "Meu outro carro também é um Porsche." Que babaca!

Olhando para o carro, percebeu que tinha acabado de perceber algo que ainda não tinha descoberto.

Will Smithers, como todos os idiotas com excesso de dinheiro e falta de escrúpulos que Arthur conhecia no meio publicitário, fazia questão de trocar de carro todo ano no mês de agosto, para poder dizer para as pessoas que havia sido uma idéia do seu contador, embora na verdade o seu contador estivesse tentando enlouquecidamente fazê-lo desistir daquilo, por causa de todas as pensões que ele tinha de pagar, etc. e tal – e aquele era o mesmo carro que Arthur já conhecia. O número da placa proclamava o seu ano.

Levando-se em consideração que estavam no inverno e que o acontecimento que causara tantos problemas a Arthur durante oito de seus anos particulares ocorrera no início de setembro, no máximo seis ou sete meses haviam passado ali.

Ficou horrivelmente parado por um momento e deixou o Idiota-Sem-Noção pular para cima e para baixo, latindo para ele. Fora atingido de repente por uma constatação inevitável, que era a seguinte: a partir de agora era um ET em seu próprio mundo. Por mais que tentasse, ninguém ia acreditar na sua história. Não apenas soava perfeitamente louca, mas também era totalmente contraditória diante do mais simples dos fatos observáveis.

Aquela era a Terra *mesmo*? Havia alguma possibilidade de ele ter cometido um erro incrível?

O bar diante dele parecia insuportavelmente familiar, em todos os detalhes – cada tijolo, cada pedacinho de tinta descascada. Ele podia perceber, lá dentro, o mesmo calor familiar, abafado e barulhento, as suas vigas expostas, as suas luminárias imitando ferro fundido, o bar grudento de cerveja onde conhecidos seus haviam colocado os cotovelos, de onde se podia contemplar garotas recortadas em papelão com pacotes de amendoim grampeados nos peitos. Coisas típicas do seu lar, do seu mundo.

Conhecia até aquele cachorro desgraçado.

– Ei, Sem-Noção!

O som da voz de Will Smithers significava que ele tinha que decidir o que fazer, e rápido. Se ficasse onde estava, seria descoberto e a confusão toda ia começar. Se ele se escondesse, estaria apenas adiando o momento, e estava fazendo um frio danado.

O fato de ser Will tornou a decisão mais fácil. Não que Arthur não gostasse dele – Will era um cara divertido. O problema é que era divertido de uma maneira cansativa porque, sendo publicitário, sempre queria que todo mundo soubesse o quanto estava se divertindo e onde comprara a sua jaqueta.

Tendo isso em mente, Arthur escondeu-se atrás de uma van.

– E aí, Sem-Noção, qual é o caso?

A porta se abriu e Will saiu do pub, usando uma jaqueta de aviador contra a qual um carro havia sido arremessado, a seu pedido, por um amigo do Laboratório de Simulação de Acidentes, para que ficasse com aquela aparência desgastada. Sem-Noção latiu todo bobo e, ganhando a atenção que queria, esqueceu-se alegremente de Arthur.

Will estava com uns amigos e eles sempre faziam a mesma brincadeira com o cachorro.

– Olha os comunas! – gritavam para ele, todos ao mesmo tempo. – Comunas, comunas, comunas!!!

O cachorro ficava descontrolado, latindo sem parar, saltitando, colocando os bofes pra fora, transportado para além de si num êxtase de raiva. Eles riram e continuaram a brincadeira e depois, gradualmente, foram se dispersando para os seus respectivos carros e desapareceram noite adentro.

"Bom, isso esclarece uma coisa", pensou Arthur atrás da van, "esse é definitivamente o planeta de que me lembro."

capítulo 7

A sua casa continuava no mesmo lugar.

Como ou por que, não fazia a menor idéia. Resolveu dar uma olhada enquanto esperava o pub esvaziar, para poder entrar e solicitar ao dono uma acomodação para aquela noite, depois que todos tivessem ido embora. E lá estava a sua casa, no mesmo lugar.

Entrou correndo, usando a chave que guardava debaixo de um sapo de pedra no jardim, porque, surpreendentemente, o telefone estava tocando.

Tinha ouvido aquele toque baixinho enquanto avançava pela rua e começou a correr assim que percebeu de onde vinha o som.

Teve de abrir a porta à força, por causa do incrível acúmulo de correspondência inútil no capacho. Estava bloqueada pelo que ele mais tarde descobriria serem quatorze convites pessoais idênticos para que ele se associasse a um cartão de crédito que já tinha, dezessete cartas ameaçadoras idênticas por causa do não pagamento das contas de um cartão de crédito que ele não tinha, trinta e três cartas idênticas informando que ele havia sido pessoalmente selecionado a dedo por ser um homem distinto e de bom gosto que sabia o que queria e para onde estava indo no sofisticado mundo do jet-set e que, portanto, gostaria de comprar uma carteira grotesca e também um gatinho morto.

Esgueirou-se pela abertura relativamente estreita que conseguiu em meio aquele caos, tropeçou em uma pilha de ofertas de vinhos que nenhum *connoisseur* poderia perder, deslizou sobre um monte de folhetos de férias em casas de praia, subiu desajeitadamente as escadas escuras até o seu quarto e atendeu o telefone bem na hora em que parou de tocar.

Desabou, ofegante, na sua cama fria e com cheiro de mofo e, por alguns minutos, parou de tentar evitar que o mundo girasse em sua cabeça do modo como ele obviamente queria girar.

Depois de o mundo ter curtido a sua voltinha e se acalmado um pouco, Arthur alcançou o abajur na cabeceira, achando que não acenderia. Para a sua surpresa, acendeu. Aquilo fazia sentido dentro da lógica de Arthur. Já que a Companhia Elétrica sempre cortava a luz quando ele pagava a conta, parecia razoável mantê-la funcionando quando não pagasse. Mandar o dinheiro obviamente só servia para se fazer notar por eles.

O quarto estava exatamente como ele deixara, ou seja, putridamente desarrumado, embora o efeito estivesse um pouco amenizado por uma grossa camada de poeira. Livros e revistas semilidos repousavam entre pilhas de toalhas semiusadas. Semipares de meia recostavam-se em semibebidas xícaras de café. O que uma vez fora um semicomido sanduíche agora semivirara algo que Arthur completamente queria ignorar. "Basta lançar um raio aqui nessa zona", pensou ele, "e toda a evolução da vida começa do zero novamente."

Só havia uma coisa diferente no quarto.

Ele não conseguiu ver de imediato o que essa única coisa diferente era, porque ela também estava coberta por uma película de poeira nojenta. Então, os seus olhos a encontraram e pararam.

Estava ao lado da sua velha e gasta televisão, onde só era possível assistir às aulas da Universidade Aberta, porque se ela tentasse exibir algo mais interessante iria quebrar.

Era uma caixa.

Arthur apoiou-se nos seus cotovelos e a examinou.

Era uma caixa cinza, com um brilho fosco. Uma caixa pardacenta quadrada, com uns trinta centímetros de altura. Estava amarrada com uma única fita cinza, arrematada com um belo laço em cima.

Ficou de pé, foi até ela e a tocou, surpreso. Fosse o que fosse, estava lindamente embrulhada para presente, esperando que ele a abrisse.

Apanhou a caixa com cuidado e levou-a de volta até a sua cama. Espanou a poeira da parte de cima e desfez o laço. O topo da caixa era uma tampa, com uma aba dobrada.

Abriu e olhou para dentro da caixa. Era um globo de vidro, envolvido em um delicado papel cinzento. Ele o removeu, com cuidado. Não era exatamente um globo porque tinha uma abertura embaixo, ou, como Arthur percebeu ao virá-lo, em cima, circundada por um grosso aro. Era um aquário.

Um aquário de peixes, feito do vidro mais maravilhoso, perfeitamente transparente, mas, ainda assim, possuía uma tonalidade cinzenta extraordinária, como se tivesse sido feito de cristal e ardósia.

Arthur o girou devagar entre as mãos. Era um dos objetos mais lindos que já vira na vida, mas ele estava completamente perplexo diante dele. Olhou dentro da caixa, mas, tirando o papel do embrulho, não havia nada. Fora da caixa, também nada.

Girou o aquário novamente. Era maravilhoso. Era sofisticado. Mas era um aquário.

Deu uma batidinha com a unha e ele vibrou com um clangor profundo e glorioso, que durou mais tempo do que parecia possível e, quando finalmente desvaneceu, pareceu não terminar, e sim migrar para outros mundos, como para dentro de um sonho em alto-mar.

Encantado, Arthur o girou novamente e desta vez a luz do abajur empoeirado na cabeceira o atingiu em um ângulo diferente e cintilou sobre umas delicadas gravações na superfície do aquário. Ele o suspendeu, ajustando o ângulo da luz, e de repente viu claramente as palavras delicadamente gravadas na superfície do vidro.

"Até mais", diziam elas, "e obrigado..."

E isso era tudo. Piscou, sem entender nada.

Por uns cinco minutos, ele girou o objeto de um lado para o outro, olhou contra a luz sob diferentes ângulos, deu pancadinhas para repetir o seu som hipnótico e ponderou qual seria o significado daquelas palavras vagas, mas não encontrou nenhum. Finalmente, levantou-se, encheu o aquário com água da bica e colocou-o novamente na mesa ao lado da televisão. Sacudiu o pequeno peixe-babel da orelha e deixou-o cair, contorcendo-se, no aquário. Não precisaria mais dele, exceto para ver filmes estrangeiros.

Voltou para deitar-se na cama e apagou a luz.

Ficou parado, em silêncio. Absorveu a escuridão envolvente, relaxando aos poucos os seus membros de cima a baixo, acalmando e regulando a respiração, gradualmente esvaziando a sua mente de todos os pensamentos. Fechou os olhos e descobriu que não conseguia dormir de jeito nenhum.

A noite estava inquieta com a chuva. As nuvens carregadas já haviam se deslocado e estavam naquele momento concentrando a sua atenção em um café de beira de estrada em Bournemouth, mas o céu que percorreram tinha sido perturbado por elas e exibia agora um ar amuadamente encrespado, como se não soubesse o que mais seria capaz de não fazer se fosse provocado.

A lua despontou, aguada. Parecia uma bola de papel enfiada no bolso de trás de um jeans que tinha acabado de sair da máquina de lavar e que só o tempo e um ferro de passar diriam se era uma velha lista de compras ou uma nota de cinco libras.

O vento se agitou, de leve, como o rabo de um cavalo tentando decidir que tipo de humor adotaria naquela noite, e em algum lugar um sino badalou meia-noite.

Uma clarabóia se abriu, num estalo.

Estava emperrada e teve de ser sacudida e um pouco persuadida, porque o caixilho estava meio podre e as dobradiças haviam sido, em algum momento de sua vida, inteligentemente pintadas por cima, mas finalmente ela se abriu.

Uma escora foi usada para mantê-la aberta e uma figura saiu com dificuldade pela estreita vala entre as duas faces do telhado.

A figura ficou imóvel, admirando o céu em silêncio.

Estava completamente irreconhecível, diferente da criatura selvagem que irrompera loucamente dentro de casa há mais ou menos uma hora. Tinha dado adeus ao roupão puído e esfarrapado, manchado com a lama de cem mundos e condimentos de junk food de cem espaçoportos imundos, tinha dado adeus ao cabelo desgrenhado, à barba comprida e cheia de nós com seu ecossistema florescente e tudo o mais.

Em vez de tudo isso, havia o Arthur Dent tranqüilo e descontraído, usando calças de veludo cotelê e um suéter bem grosso. O seu cabelo estava curto e lavado, o rosto bem barbeado. Apenas os seus olhos ainda diziam que, fosse lá o que o Universo pensasse estar fazendo com ele, gostaria muito que por favor parasse.

Aqueles não eram os mesmos olhos com os quais observara aquela vista pela última vez, e o cérebro que interpretava as imagens que seus olhos montavam também não era o mesmo cérebro. Nenhuma cirurgia envolvida, apenas a desarticulação contínua da experiência.

A noite parecia uma coisa viva para ele naquele momento e a terra escura à sua volta era um ser no qual estava enraizado.

Podia sentir, como um formigamento em terminações nervosas distantes, o fluxo de um rio longínquo, colinas invisíveis ondulantes, o grupo de nuvens carregadas estacionadas em algum lugar ao sul.

Podia sentir também a emoção de ser uma árvore, o que era algo inesperado. Sabia que era bom enroscar os dedos dos pés na terra, mas nunca imaginara que pudesse ser tão bom assim. Podia sentir uma onda de prazer quase indecente o atingindo em cheio, vindo da New Forest. "Algo para fazer no verão", pensou ele, "experimentar a sensação de ter folhas."

De outra direção, sentiu o que era ser uma ovelha assustada com um disco voador, mas aquela era uma sensação virtualmente indistinguível da sensação de ser uma ovelha assustada com qualquer outra coisa que aparecesse no seu caminho, pois as ovelhas eram criaturas que aprendem muito pouco na sua jornada pela vida e ficariam assustadas ao ver o sol nascendo na manhã e admiradas com aquelas coisas verdes recobrindo os campos.

Ficou surpreso ao perceber que podia sentir a ovelha se assustando com o sol naquela manhã e na manhã anterior e se assustando com um arvoredo dois dias antes. Podia voltar cada vez mais para trás, mas acabou ficando chato porque eram sempre ovelhas assustadas com coisas que as assustaram na véspera.

Abandonou a ovelha e deixou a sua mente deslizar distante, sonolenta, em ondas crescentes. Ela sentiu a presença de outras mentes, centenas delas, milhares, algumas sonolentas, algumas em sonhos, algumas muito agitadas, uma fraturada.

Uma fraturada.

Perpassou brevemente por esta última, depois tentou voltar a senti-la, mas ela lhe escapou, como a segunda carta com a imagem da maçã no jogo de memória. Sentiu um espasmo de emoção, porque sabia instintivamente de quem era aquela mente ou, pelo menos, de quem gostaria que fosse e, quando se sabe o que se deseja ser verdade, o instinto é uma ferramenta muito útil para permitir que se saiba que de fato é.

Sabia instintivamente que era Fenny e queria encontrá-la; mas não podia. Se tentasse forçar a barra, sentia que perdia aquela nova e estranha habilidade, então desistiu da busca e deixou que a sua mente perambulasse à toa mais uma vez.

E, novamente, sentiu a fratura.

Novamente não conseguia encontrá-la. Desta vez, fosse lá o que o seu instinto estivesse tentando lhe dizer no que era legal acreditar, não tinha mais tanta certeza de que era Fenny – talvez fosse uma outra fratura daquela vez. Tinha a mesma característica desjuntada, mas parecia um sentimento mais geral de fratura, mais profundo, não uma única mente, ou sequer uma mente. Era outra coisa.

Deixou a sua mente afundar devagarinho e em sua totalidade na Terra, ondulando, penetrando, afundando.

Estava acompanhando as idades da Terra, vagando com os ritmos de seus inúmeros pulsos, permeando suas teias da vida, boiando em suas marés, girando com o seu peso. A fratura sempre retornava, uma desjuntada dor distante e melancólica.

E agora viajava sobre uma terra de luz; a luz era o tempo, as suas marés eram dias retrocedendo. A fratura que havia sentido, a segunda fratura, encontrava-se ao longe, diante dele, cruzando a terra, fina como um único fio de cabelo ao longo da paisagem de sonhos dos dias da Terra.

E subitamente ele estava lá.

Dançou vertiginosamente sobre a extremidade enquanto a terra de sonhos desprendia-se abruptamente abaixo dele, um precipício apavorante para o nada, e ele loucamente contorcia-se, agarrando o vazio, retorcido no espaço horrorizante, girando, caindo.

Sobre o abismo rachado antes houvera outra Terra, outro tempo, um antigo mundo, sem fraturas, antes forçosamente unido: duas Terras. Ele acordou.

Uma brisa fria tocou o suor febril em sua testa. O pesadelo tinha passado e levara junto suas forças. Curvado sobre os ombros, esfregou delicadamente os olhos com a ponta dos dedos. Finalmente, estava não só com sono como muito cansado. E quanto ao significado do sonho, se é que tinha algum, era algo que só pensaria pela manhã; agora ia para cama dormir mesmo. A sua cama, o seu sono.

Podia ver a sua casa lá longe e não estava entendendo aquilo. Sua silhueta estava recortada contra a luz da lua e ele reconheceu o seu formato quadradão. Olhou à sua volta e percebeu que estava uns quarenta centímetros acima das roseiras de um dos seus vizinhos, John Ainsworth. Aquelas roseiras eram delicadamente cultivadas, podadas no inverno, presas por bambus e etiquetadas, e Arthur se perguntou o que estava fazendo ali, pairando sobre elas. Depois se perguntou o que o mantinha no ar e, quando descobriu que nada o segurava, caiu desajeitado no chão.

Levantou, sacudiu a poeira e voltou mancando para casa com o tornozelo torcido. Despiu-se e caiu na cama.

Enquanto dormia, o telefone tocou novamente. Tocou por exatos quinze minutos e fez com que ele mudasse de posição na cama duas vezes. Nunca, porém, teve a menor chance de acordá-lo.

capítulo 8

Arthur acordou sentindo-se ótimo, absolutamente fabuloso, descansado, superfeliz por estar em casa, cheio de energia e nada decepcionado ao descobrir que estava em meados de fevereiro.

Foi praticamente dançando até a geladeira, catou as três coisas menos assustadoras que estavam lá dentro, colocou-as no prato e observou-as fixamente por dois minutos. Já que não fizeram menção de se mexer durante esse período, chamou-as de café-da-manhã e comeu-as. Juntas, elas neutralizaram uma doença espacial virulenta que ele havia contraído sem saber nos Pântanos Gasosos de Flargathon alguns dias antes que, do contrário, teria matado metade da população do hemisfério ocidental, cegado a outra metade e deixado todo o resto psicótico e estéril, de modo que a Terra teve sorte.

Sentia-se forte, sentia-se saudável. Pegou uma pá e jogou fora as correspondências inúteis vigorosamente. Depois enterrou o gato.

Justo quando estava terminando o serviço, o telefone tocou, mas ele deixou tocar, mantendo um minuto de silêncio respeitoso. Seja lá quem fosse, ligaria novamente se fosse algo importante.

Limpou a lama dos sapatos e voltou para dentro de casa.

Conseguiu encontrar umas poucas cartas importantes no meio daquela montoeira de lixo – alguns documentos do conselho, datados de três anos atrás, sobre a suposta demolição da sua casa e algumas outras cartas sobre a instauração de uma investigação pública sobre o plano de construção de um desvio na área; havia também uma carta antiga do Greenpeace, o grupo de ativistas ecológicos para o qual contribuía ocasionalmente, pedindo ajuda para o seu projeto de libertar golfinhos e orcas do cativeiro e alguns cartões-postais de amigos, reclamando vagamente que ele nunca mais tinha dado notícias.

Juntou tudo isso e colocou num arquivo de papelão, no qual escreveu "Coisas Para Fazer". Já que estava se sentindo bastante vigoroso e dinâmico naquela manhã, chegou até mesmo a acrescentar a palavra "Urgente!".

Tirou a sua toalha e outras bugigangas esquisitas da sacola de compras que adquirira no Mega Mercado de Porto Brasta. O slogan impresso na sacola era um trocadilho inteligente e rebuscado no idioma centauriano, completamente incompreensível em qualquer outro idioma e, portanto, absolutamente sem sentido para uma loja de Duty Free em um espaçoporto. A sacola também estava furada, então ele a jogou fora.

Percebeu então que devia ter perdido outra coisa na pequena nave que o trouxera à Terra, gentilmente fazendo um desvio para deixá-lo próximo ao A303. Havia perdido a sua cópia surrada e desgastada daquilo que o ajudara a encontrar o seu caminho através das incríveis imensidões espaciais que ele cruzara. Havia perdido o *Guia do Mochileiro das Galáxias*.

"Bem", pensou ele, "não devo precisar dele novamente."

Tinha que fazer umas ligações.

Decidira como lidar com o volume de contradições que a sua volta para casa precipitara: ia simplesmente ignorá-lo.

Ligou para a BBC e pediu para falar com o diretor do seu departamento.

– Alô, oi, aqui quem fala é Arthur Dent. Escuta, desculpa ter faltado ao trabalho nos últimos seis meses, mas é que eu fiquei maluco.

– Ah, não tem problema, não. Achei que fosse algo no gênero. Acontece o tempo todo por aqui. Quando é que você volta?

– Quando os porcos-espinhos param de hibernar?

– Durante a primavera, eu acho.

– Volto um pouquinho depois, então.

– Tudo bem.

Folheou as Páginas Amarelas e fez uma pequena lista com possíveis números de telefone.

– Alô, é do Hospital Old Elms? Bem, eu estou ligando para saber se posso dar uma palavrinha com Fenella, ah... Fenella. Meu Deus, como eu sou idiota, daqui a pouco vou esquecer o meu próprio nome, ah, Fenella – é ridículo, não é? É uma paciente de vocês, uma garota de cabelos escuros, deu entrada aí ontem à noite...

– Sinto muito, mas não temos nenhuma paciente chamada Fenella.

– Ah, não? Na verdade eu queria dizer Fiona, é claro, é que nós a chamamos de Fen...

– Sinto muito, adeus.

Click.

Seis conversas mais ou menos como essa começaram a desgastar o seu otimismo vigoroso e dinâmico, então decidiu que, antes que ele o abandonasse completamente, iria levá-lo para dar uma volta até o bar e exibi-lo para as pessoas.

Teve a idéia perfeita para explicar cada estranheza inexplicável sobre si mesmo de uma só vez, e assoviou para si mesmo ao abrir a porta que tanto o intimidara na noite anterior.

– Arthur!!!

Sorriu alegremente diante dos olhares perplexos que o contemplavam de todos os cantos do pub e contou para todo mundo como havia se divertido na Califórnia do Sul.

capítulo 9

Aceitou outra cerveja e mandou ver.

– É claro, eu também tinha o meu alquimista particular.

– Você o quê?

Estava começando a falar besteiras e sabia disso. A mistura das melhores cervejas pretas da Exuberance, Hall e Woodhouse era algo que impunha respeito, mas um dos seus primeiros efeitos era fazer com que você parasse de respeitar qualquer coisa, e a hora em que Arthur devia ter parado de explicar coisas foi justamente a hora em que começou a soltar sua criatividade.

– Isso aí! – insistiu ele com um alegre sorriso vidrado. – Por isso eu perdi tanto peso.

– Como assim? – perguntou a sua platéia.

– Isso aí! – repetiu ele. – Os californianos redescobriram a alquimia. Isso aí!

Sorriu novamente.

– Só que – disse ele – de um jeito muito mais útil do que aquele que... – Ele parou, pensativo, para deixar um pouquinho de gramática reunir-se na sua cabeça. – Aquele que os antigos costumavam praticar. Ou, pelo menos – acrescentou ele –, não conseguiam praticar. Eles não conseguiam fazer nada disso funcionar, sabem? Nostradamus e todo o pessoal. Não davam uma dentro.

– Nostradamus? – perguntou alguém na platéia.

– Eu não sabia que ele era alquimista – comentou outro.

– Eu pensava – disse um terceiro – que ele fosse um profeta.

– Ele virou profeta – explicou Arthur para a sua platéia, cujos membros começavam a oscilar e a ficar um pouco indistintos – justamente porque era um péssimo alquimista. Vocês deveriam saber disso.

Deu outro gole na cerveja. Era algo que não provava há oito anos. Provava e provava.

– O que a alquimia tem a ver – perguntou um borrão na audiência – com a perda de peso?

– Foi bom você ter perguntado – disse Arthur. – Muito bom. E eu agora vou explicar pra vocês qual é a relação entre... – Fez uma pausa. – Entre essas duas coisas. Essas que vocês mencionaram. Eu vou explicar.

Parou e manobrou os seus pensamentos. Era como assistir a um navio-petroleiro executando uma inversão de curso em três movimentos no canal da Mancha.

– Eles descobriram como transformar o excesso de gordura no corpo em ouro – disse ele, em um súbito acesso de coerência.

– Tá brincando.

– Isso aí! – disse ele. – Quer dizer, não – corrigiu –, é sério.

Olhou para a parte da sua platéia que estava desconfiada, o que era basicamente a platéia toda, então demorou um pouco mais para olhar todo mundo.

– Vocês já *foram* à Califórnia? – perguntou ele. – Vocês *sabem* o que eles fazem por lá?

Três membros da platéia responderam que sim e que ele estava falando besteira.

– Vocês não viram nada – insistiu Arthur. – Isso aí! – acrescentou ele, porque alguém estava se oferecendo para pagar mais uma rodada.

– A prova – disse ele, apontando para si mesmo e errando por poucos centímetros – está diante dos seus olhos. Quatorze horas em transe – disse ele – em um tanque. Em transe. Eu estava em um tanque. Acho – acrescentou ele, após uma breve reflexão – que já disse isso.

Esperou, paciente, enquanto a nova rodada era devidamente distribuída. Já havia composto a próxima parte da história na sua cabeça, que ia ser algo sobre o tanque ter de ser orientado de acordo com uma linha traçada perpendicularmente da Estrela Polar até uma linha imaginária traçada entre Marte e Vênus e estava começando a tentar dizer isso quando decidiu deixar para lá.

– Muito tempo – disse, em vez disso – em um tanque. Em transe. – Olhou severamente para a platéia, para ter certeza de que todos estavam ouvindo com atenção.

Tornou a falar.

– Onde é que eu estava mesmo? – perguntou.

– Em transe – disse um.

– No tanque – disse outro.

– Isso aí! – disse Arthur. – Obrigado. E aos poucos, bem aos poucos, todo o excesso de gordura... se transforma... em... – fez uma pausa para dar mais efeito – ...ouro subicoo... subconan... subtucân... – parou para respirar – ...ouro subcutâneo e você pode fazer uma cirurgia para retirá-lo do seu corpo. Sair do tanque é um inferno. O que você disse?

– Eu só estava limpando a garganta.

– Eu acho que você não está acreditando em mim.

– Eu estava limpando a garganta.

– Ela estava limpando a garganta – confirmou uma parte significativa da platéia em um sussurro.

– Isso aí – disse Arthur –, tudo bem. E então você divide o ouro... – parou novamente para fazer as contas – ...meio a meio com o alquimista. Ganha muito dinheiro!

Olhou girando para a sua platéia e não pôde deixar de perceber um ar de ceticismo em seus rostos confusos.

Tomou aquilo como uma afronta pessoal.

– De que outro modo – perguntou ele – eu teria dinheiro para pagar um envelhecimento facial?

Braços amigos começaram a ajudá-lo a ir para casa.

– Vejam bem – protestou, enquanto a brisa gelada de fevereiro tocava o seu rosto –, parecer maduro é a última moda na Califórnia atualmente. Você tem que parecer alguém que já viu a Galáxia. A vida, quero dizer. Você tem que parecer alguém que já viu a vida. Tá na cara, dei uma envelhecida. Manda aí uns oito anos, eu disse. Só espero que ter trinta anos não volte à moda, senão gastei uma fortuna à toa.

Ficou em silêncio por alguns minutos, enquanto os braços amigos continuavam a ajudá-lo.

– Voltei ontem – murmurou ele. – Estou muito feliz de estar em casa. Ou em algum lugar muito parecido...

– Jet lag – sussurrou um dos seus amigos. – Viagem longa, da Califórnia pra cá. Derruba qualquer um por alguns dias.

– Eu acho que ele nem esteve lá – cochichou um outro. – Onde será que ele estava? E o que será que aconteceu com ele?

Após um cochilo, Arthur se levantou e zanzou um pouco pela casa. Estava meio alto e um pouco deprimido, ainda meio perdido por causa da viagem. Estava pensando em como faria para encontrar Fenny.

Sentou-se e ficou olhando para o aquário. Deu uma batidinha com a unha e, apesar de ele estar cheio d'água e com o pequeno peixe-babel amarelo borbulhando desanimado lá dentro, o som que ele produziu foi profundo e ressonante, tão claro e hipnótico quanto antes.

"Alguém está tentando me agradecer", pensou. Perguntou-se quem e por quê.

capítulo 10

— No terceiro bipe será uma hora... trinta e dois minutos... e vinte segundos.

– Bipe... bipe... bipe.

Ford Prefect sufocou um risinho de satisfação diabólica, percebeu que não tinha motivo para sufocá-lo e deu uma gargalhada bem alta, uma gargalhada perversa.

Alterou o sinal de entrada da Subeta Net para o sistema de som da nave e a estranha voz, um tanto afetada, cantarolou com extraordinária clareza na cabine.

– No terceiro bipe será uma hora... trinta e dois minutos... e trinta segundos.

– Bipe... bipe... bipe.

Ele aumentou um pouco o volume enquanto observava atentamente uma tabela de números que se alteravam rapidamente na tela do computador da nave. Considerando-se quanto tempo aquilo deveria durar, a questão do consumo de energia era importante. Não queria um assassinato pesando em sua consciência.

– No terceiro bipe será uma hora... trinta e dois minutos... e quarenta segundos.

– Bipe... bipe... bipe.

Olhou em volta da pequena nave. Andou pelo pequeno corredor.

– No terceiro bipe...

Meteu a cabeça dentro do pequeno e funcional banheiro de aço cintilante.

– ...será...

Ouvia-se bem lá de dentro.

Verificou o minúsculo dormitório.

– ...uma hora... trinta e dois minutos...

O som estava um pouco abafado. Havia uma toalha sobre um dos alto-falantes. Ele tirou a toalha.

– ...e cinqüenta segundos.

Agora, sim.

Checou o compartimento de cargas e não ficou nem um pouco satisfeito com o som. Havia muita tralha encaixotada no caminho. Deu um passo para trás e esperou a porta se fechar sozinha. Forçou um painel de controle que estava fechado e apertou o botão de eliminação de carga. Não sabia como não tinha pensado nisso antes. Ouviu um turbilhão de ar acompanhado por alguns ruídos surdos que se transformou rapidamente em silêncio. Após uma pausa, um leve sibilar pôde ser ouvido novamente.

Parou.

Esperou a luzinha verde aparecer e então abriu novamente a porta do compartimento de carga, agora vazio.

– ...uma hora... trinta e três minutos... e cinqüenta segundos.

Ótimo.

– Bipe... bipe... bipe.

Foi fazer então uma última verificação minuciosa na câmara de animação suspensa de emergência, que era onde estava especificamente interessado que a voz fosse ouvida.

– No terceiro bipe será uma hora... e trinta e quatro... em ponto.

Sentiu um calafrio ao espreitar, através da superfície incrivelmente congelada, a forma imprecisa da criatura lá dentro.

Um dia, sabe-se lá quando, ela acordaria e, quando acordasse, saberia as horas. Não seria exatamente a hora local, é verdade, mas fazer o quê?

Verificou duas vezes a tela do computador sobre a câmara de resfriamento, diminuiu as luzes e verificou novamente.

– No terceiro bipe será...

Saiu na ponta dos pés e voltou para a cabine de controle.

– ...uma hora... trinta e quatro minutos... e vinte segundos.

A voz soava tão clara como se estivesse em um telefone em Londres, coisa que não estava, nem de longe.

Contemplou a noite escura. A estrela do tamanho de uma migalha brilhante de biscoito que conseguia ver lá longe era Zondostina ou, como era conhecida no mundo de onde vinha a voz afetada e cantarolante, Zeta de Plêiades.

A brilhante curva alaranjada que preenchia mais da metade da área visível era o gigante planeta gasoso Sesefras Magna, onde as naves de guerra xaxisianas atracavam e, logo acima do seu horizonte, via-se uma pequena lua azulada, Epun.

– No terceiro bipe será...

Durante vinte minutos ele ficou sentado, olhando enquanto a distância entre a nave e Epun diminuía, e o computador da nave arredondava e massageava os números que a aproximariam da órbita em torno da pequena lua, depois transformariam aquilo em uma órbita permanente, aprisionando e mantendo a nave ali, em perpétua obscuridade.

– uma hora... cinqüenta e nove minutos...

O seu plano inicial tinha sido o de desligar todas as sinalizações e emissões de radiação externas da nave para deixá-la o mais invisível possível, a não ser que você estivesse olhando diretamente para ela, mas então teve uma outra idéia e ele achou que era muito melhor. A nave agora emitiria um único feixe contínuo, tão fino quanto um lápis, transmitindo o sinal de tempo recebido para o planeta de onde o sinal se originava.

O sinal levaria uns quatrocentos anos para chegar lá à velocidade da luz, mas certamente causaria uma boa comoção quando finalmente chegasse.

– Bipe... bipe... bipe.

Riu baixinho.

Não gostava de pensar que era uma dessas pessoas que riem baixinho ou seguram o riso, mas tinha de admitir que estava rindo baixinho e segurando o riso sem parar havia mais de meia hora.

– No terceiro bipe...

A nave estava agora quase perfeitamente alinhada em sua órbita perpétua ao redor de uma lua pouco conhecida e jamais visitada. Quase perfeito.

Faltava só uma coisa. Acionou novamente no computador a simulação do lançamento da cápsula de fuga da nave, estimando ações, reações, forças tangenciais e toda aquela poesia matemática do movimento e viu que estava tudo o.k.

Antes de sair, apagou as luzes.

Quando a sua minúscula navezinha de fuga partiu zunindo no início de sua viagem de três dias até a estação espacial de Porto Sesefron, acompanhou por alguns segundos um longo feixe de radiação, fino como um lápis, que estava começando uma viagem muito mais longa.

– No terceiro bipe serão duas horas... treze minutos... e cinqüenta segundos.

Ele riu baixinho, segurando o riso. Gostaria de ter rido bem alto, mas não tinha espaço.

– Bipe... bipe... bipe.

capítulo 11

— Chuvas de abril, essas são especialmente detestáveis.

Apesar dos grunhidos evasivos de Arthur, o homem parecia determinado a conversar com ele. Chegou a pensar em levantar-se e ir para outra mesa, mas aparentemente não havia uma única mesa vazia no restaurante. Mexeu o seu café, irritado.

– Malditas chuvas de abril. Detesto, detesto, detesto.

Arthur estava olhando fixamente para fora da janela, franzindo a testa. Uma chuva fininha e ensolarada pairava sobre a estrada. Fazia dois meses que ele voltara para casa. Retomar a sua vida havia sido ridiculamente fácil. As pessoas tinham uma memória incrivelmente curta, inclusive ele. Oito anos de perambulações malucas pela Galáxia agora lhe pareciam não como uma espécie de pesadelo, mas como um filme gravado na tevê que ele deixara esquecido atrás de um armário, sem a menor vontade de assistir.

Um efeito que ainda permanecia, porém, era a sua alegria por estar de volta. Agora que a atmosfera da Terra havia se fechado de vez sobre a sua cabeça, pensou ele, completamente enganado, tudo no planeta lhe proporcionava um extraordinário prazer. Olhando o brilho prateado dos pingos de chuva, sentiu-se na obrigação de discordar.

– Bem, eu gosto delas – disse, de repente –, e por vários motivos. São leves e refrescantes. Cintilam e fazem a gente se sentir bem.

O homem bufou, debochado.

– É o que todos dizem – comentou, com a cara fechada, do outro canto na mesa.

Era um motorista de caminhão. Arthur sabia disso porque o seu comentário inicial e absolutamente espontâneo havia sido: "Sou motorista de caminhão. E detesto dirigir na chuva. Irônico, não é? Irônico pra cacete."

Se havia uma conexão lógica oculta entre os dois fatos daquele comentário, Arthur não foi capaz de adivinhá-la e apenas resmungou de maneira afável, mas sem puxar papo.

Ainda assim, o homem não tinha parado de falar naquela hora e continuava falando agora.

– Sempre dizem a mesma coisa sobre as insuportáveis chuvas de abril – disse ele. – Tão insuportavelmente boas, tão insuportavelmente refrescantes, um clima tão insuportavelmente agradável.

Inclinou-se para a frente, fazendo uma careta feia, como se estivesse prestes a dizer algo sobre o governo.

– O que eu quero saber é o seguinte: se o tempo vai ficar bom, por que – ele quase cuspiu – não pode ficar bom sem essa maldita chuva?

Arthur desistiu. Decidiu abandonar o seu café, que estava quente demais para ser bebido depressa e ruim demais para ser bebido frio.

– Bom, vejo que já está de saída – disse, levantando-se. – Tchau.

Deu uma parada na lojinha do posto de gasolina e depois atravessou o estacionamento, fazendo questão de desfrutar um pouco aquele agradável chuvisco no rosto. Havia até mesmo, como pôde notar, um tênue arco-íris resplandecendo sobre as colinas de Devon. Desfrutou aquilo também.

Entrou no seu velho mas amado Golf GTi preto, saiu cantando os pneus e seguiu, deixando para trás as ilhas de bombas de gasolina, em direção à estrada de acesso, de volta à rodovia principal.

Estava enganado ao pensar que a atmosfera da Terra havia finalmente se fechado, e se fechado para sempre, sobre a sua cabeça.

Estava enganado ao pensar que algum dia seria possível deixar para trás a emaranhada teia de irresoluções para a qual as suas viagens galácticas o haviam arrastado.

Estava enganado ao pensar que podia esquecer que a Terra – imensa, sólida, oleosa, suja e pendurada em um arco-íris – na qual vivia não passava de um pontinho microscópico em um outro pontinho microscópico na infinitude inimaginável do Universo.

Continuou dirigindo, cantarolando, redondamente enganado sobre todas essas coisas.

O motivo pelo qual ele estava enganado estava parado na beira da estrada, cobrindo-se com um pequeno guarda-chuva.

O seu queixo caiu. Torceu o tornozelo contra o pedal do freio e derrapou tão violentamente que o carro quase capotou.

– Fenny! – gritou ele.

Tendo evitado por pouco não atingir a garota com o carro em si, atingiu-a com a porta do carro ao abri-la para que ela pudesse entrar. A porta bateu na mão da moça e fez com que deixasse cair seu guarda-chuva, que saiu rodopiando descontroladamente pela estrada.

– Merda! – gritou Arthur, enquanto saltava para fora do carro o mais gentilmente que podia, não sendo atropelado pelo "Fretes McKeena – Faça chuva ou faça sol" por um triz e assistindo, horrorizado, ele destruir o guarda-chuva de Fenny. O caminhão seguiu pela estrada, indiferente.

O guarda-chuva jazia como um pernilongo recém-esmagado, tristemente moribundo no chão. Pequenas rajadas de vento faziam com que ele estrebuchasse um pouco.

Arthur o apanhou.

– Ah – disse ele. Não fazia muito sentido oferecer aquela coisa de volta para ela.

– Como é que você sabe o meu nome?

– Ah, bem – disse ele. – Olha, eu compro outro para você...

Olhou para ela e ficou fraco.

Ela era alta, com cabelos negros caindo em ondas em volta do seu rosto pálido e sério. Imóvel na beira da estrada, completamente sozinha, parecia quase lúgubre, como uma estátua de alguma virtude importante, mas pouco popular, em um jardim formal. Ela parecia estar olhando para outra coisa que não aquilo para o que ela parecia estar olhando.

Mas quando sorria, como naquele instante, era como se tivesse chegando de algum lugar. Calor e vida inundavam o seu rosto e um movimento inacreditavelmente gracioso tomava o seu corpo. O efeito era muito desconcertante e desconcertou Arthur completamente.

Ela sorriu, jogou a sua bolsa no banco de trás e acomodou-se no banco do carona.

– Não se preocupe com o guarda-chuva – ela disse, entrando no carro. – Era do meu irmão e ele não devia gostar muito dele, do contrário não teria me dado. – Ela riu e colocou o cinto de segurança. – Você não é amigo do meu irmão, é?

– Não.

A voz dela era a única parte do todo que não dizia "Bom".

A sua presença física dentro do carro, o seu carro, era algo extraordinário para Arthur. Sentia, saindo devagarzinho com o carro, que mal conseguia pensar ou respirar e esperava que nenhuma destas duas funções fosse vital para dirigir, senão estariam perdidos.

Então aquilo que sentira no outro carro, o do irmão dela, na noite em que voltara exausto e confuso dos seus anos de pesadelo nas estrelas, não havia sido um mero desequilíbrio momentâneo ou, se fosse, ele estava agora pelo menos duas vezes mais desequilibrado e muito propenso a despencar lá do lugar onde as pessoas bem equilibradas supostamente se equilibravam.

– Então... – disse ele, esperando iniciar a conversa de maneira empolgante.

– Ele ficou de vir me buscar – o meu irmão – mas telefonou dizendo que não ia dar. Eu perguntei sobre os ônibus, mas ele começou a consultar o calendário em vez de uma folha com horários; aí eu decidi pedir carona. Então...

– Então...

– Então, aqui estou. E o que eu gostaria muito de saber é como você sabe o meu nome.

– Talvez fosse melhor decidirmos primeiro – disse Arthur, olhando para trás por cima do ombro, enquanto encaixava suavemente o seu carro no tráfego da estrada – para onde devo levar você.

Para muito perto, torceu ele, ou para muito longe. Perto significaria que eram praticamente vizinhos e longe significaria que poderia levá-la até lá de carro.

– Eu gostaria de ir para Taunton – ela disse –, por favor. Se estiver tudo bem pra você. Você pode me deixar no...

– Você mora em Taunton? – perguntou ele, esperando ter conseguido parecer meramente curioso, e não extasiado. Taunton era divinamente perto da sua casa. Ele podia...

– Não, eu moro em Londres – disse ela. – Tem um trem saindo em menos de uma hora.

Era a pior coisa possível. Taunton ficava a apenas alguns minutos dali. Perguntou-se o que faria e, enquanto estava ocupado se perguntando, para o seu horror ouviu-se dizendo:

– Ah, eu posso te levar até Londres. Deixe-me levar você até Londres...

Que trapalhão idiota. Por que diabos havia dito "deixe-me" daquele jeito ridículo? Estava se comportando como um garoto de doze anos.

– Você está indo para Londres? – perguntou ela.

– Não estava, não – disse ele –, mas...

Que trapalhão idiota.

– É muita gentileza sua, mas é melhor não. Eu gosto de viajar de trem. – E, de repente, ela se foi. Ou melhor, a parte dela que a trazia à vida se foi. Ela ficou olhando para fora da janela de uma maneira muito distante e cantarolando baixinho para si mesma.

Ele não conseguia acreditar.

Trinta segundos de conversa e já conseguira estragar tudo.

Homens adultos, explicou para si mesmo, em total contradição com séculos de evidências acumuladas sobre a maneira como os homens adultos se comportam, não se comportavam assim.

Taunton 8 km, dizia a placa.

Agarrou o volante com tanta força que o carro chegou a balançar. Tinha que fazer algo drástico.

– Fenny – disse.

Ela se virou bruscamente para ele.

– Você ainda não me disse como é...

– Escuta – disse Arthur –, eu vou te contar, embora a história seja meio estranha. Muito estranha.

Ela estava olhando para ele, em silêncio.

– Escuta...

– Você já disse isso.

– Disse? Ah. Tenho que conversar com você sobre umas coisas, coisas que você precisa saber... uma história que eu preciso te contar, mas... – Estava desesperado. Queria algo no gênero "dividiria os emaranhados cachos de tua cabeleira e cada um de teus cabelos se levantaria em separado como os cabelos de um porco-espinho assustado", mas achava que não ia chegar lá e, além disso, não gostava da referência ao porco-espinho.

– ...mas levaria mais do que oito quilômetros – disse ele afinal, embora fosse uma frase meio tosca.

– Bem...

– Supondo, apenas supondo – não sabia o que viria a seguir, então decidiu relaxar e ouvir –, que você fosse, de alguma maneira extraordinária, muito importante para mim e que, embora você não soubesse disso, eu fosse muito importante para você e que tudo isso se perdesse nas nossas vidas porque só tivemos oito quilômetros e eu sou um completo imbecil quando se trata de dizer algo muito importante para alguém que eu acabei de conhecer sem bater em caminhões ao mesmo tempo, o que você acha – ele parou, desamparado, e olhou para ela – que eu deveria fazer?

– Olhar para a frente! – gritou ela.

– Merda!

Por pouco não bateram na lateral de cem máquinas de lavar italianas que um caminhão alemão transportava.

– Eu acho – disse ela, com um breve suspiro de alívio – que devíamos tomar um drinque antes do meu trem partir.

capítulo 12

Há uma razão desconhecida para que os bares próximos às estações tenham algo de especialmente sinistro, um tipo específico de imundície, um tipo especial de palidez nos salgadinhos.

Pior do que os salgadinhos, contudo, são os sanduíches.

Há um sentimento predominante na Inglaterra de que tornar um sanduíche interessante, atraente ou de algum modo agradável de comer é algo pecaminoso que só os estrangeiros fazem.

"Vamos fazê-los secos" é a instrução enraizada em algum lugar na consciência coletiva nacional. "Vamos fazê-los borrachudos. Se for preciso manter os malditos hambúrgueres frescos, lave-os uma vez por semana."

É comendo sanduíches em bares durante o almoço, aos sábados, que os ingleses procuram expiar sejam lá quais forem os seus pecados nacionais. Não sabem direito quais são esses pecados e nem querem saber, porque ninguém quer ficar sabendo muitos detalhes sobre seus pecados. Mas, sejam lá quais forem os tais pecados, são amplamente expiados pelos sanduíches que eles se obrigam a comer.

Se há algo ainda pior do que os sanduíches são as salsichas que ficam expostas ao lado deles. Tubos infelizes, cheios de cartilagens, boiando em um mar de algo quente e triste, atravessados por um palitinho de plástico no formato do chapéu de um chef de cozinha – possivelmente uma homenagem póstuma a algum chef que detestava o mundo inteiro e que morreu, esquecido e solitário, entre os seus gatos numa escada dos fundos em Stepney.

As salsichas são para aqueles que sabem muito bem quais são os seus pecados e querem expiar algo bem específico.

– Deve ter um lugar melhor – disse Arthur.

– Não dá tempo – disse Fenny, olhando o relógio. – O meu trem sai em meia hora.

Sentaram em uma mesinha bamba. Sobre ela, alguns copos sujos, alguns descansos de copo encharcados. Arthur pediu um suco de tomate para Fenny e um copo de água amarelada com gás para ele. E duas salsichas. Não sabia ao certo por quê. Pediu-as mais para ter o que fazer enquanto esperava o gás assentar-se no seu copo.

O barman atirou o troco de Arthur em uma poça de cerveja sobre o bar e Arthur ainda agradeceu.

– Muito bem – disse Fenny, olhando o seu relógio – Conte-me o que é que tem para me contar.

Soava extremamente cética, como era de se esperar, e Arthur ficou desanimado. Aquele era o ambiente menos adequado, pensou, para tentar explicar a ela por que estava sentada ali, subitamente distante e na defensiva, que, numa espécie de sonho extracorpóreo, ele teve uma sensação telepática de que o colapso nervoso que ela sofrera estava ligado ao fato de que a Terra, apesar das aparências contrárias, tinha sido demolida para abrir caminho para a construção de uma nova via expressa hiperespacial, algo que somente ele em todo o planeta sabia, tendo realmente presenciado a demolição de dentro de uma nave vogon, e de que, além disso, o seu corpo e a sua alma a desejavam insuportavelmente e ele precisava ir para a cama com ela tão rápido quanto fosse humanamente possível.

– Fenny – começou a dizer.

– Vocês gostariam de comprar alguns bilhetes da nossa rifa? Unzinho, pelo menos?

Ele olhou para cima, irritado.

– Para ajudar a Anjie, que está se aposentando.

– O quê?

– Ela precisa de uma máquina de diálise.

Estava sendo abordado por uma senhora de meia-idade cadavericamente magra, usando um delicado conjuntinho de tricô, um delicado permanentezinho e um delicado sorrisinho que provavelmente recebia freqüentes lambidas de delicados cachorrinhos.

Ela estava segurando um bloquinho de rifas e uma latinha para coletar as contribuições.

– Custa apenas dez pence cada – disse ela –, então de repente dá para comprar até duas. Sem quebrar a conta! – Ela deu uma risadinha tilintante, seguida de um suspiro curiosamente longo. Ter dito "Sem quebrar a conta" obviamente lhe dera mais prazer do que qualquer outra coisa desde que alguns soldados americanos ficaram alojados na sua casa durante a Segunda Guerra.

– Ah, tá, tudo bem – respondeu Arthur, metendo a mão no bolso apressadamente e tirando algumas moedas.

Com uma moleza irritante e uma delicada teatralidade, se é que isso existe, a mulher destacou dois bilhetes, que entregou para Arthur.

– Eu *realmente* espero que você ganhe – disse ela, com um sorriso que de repente se dobrou como um modelo avançado de *origami*. – Os prêmios são tão bons.

– Obrigado – respondeu Arthur, colocando os bilhetes no bolso meio bruscamente e olhando para o seu relógio.

Virou-se para Fenny.

A mulher com os bilhetes de rifa também.

– E você, mocinha? – perguntou ela. – É para a máquina de diálise de Anjie. Ela está se aposentando, sabe. E então? – Levantou o sorrisinho ainda mais em seu rosto. Ela ia ter que parar uma hora ou outra, ou a sua pele ia arrebentar.

– Está bem, aqui vai – disse Arthur, estendendo uma moeda de cinqüenta pence para ela, na esperança de que fosse logo embora.

– Ah, estamos com dinheiro, hein? – disse a mulher, com um longo suspiro sorridente. – Viemos de Londres, não é?

Arthur gostaria que ela não falasse tão irritantemente devagar.

– Não, tudo bem, pode deixar – disse ele, agitando a mão, mas já era tarde, ela estava começando a destacar os cinco bilhetes, um por um, com uma lentidão pavorosa.

– Ah, mas você *tem* que ficar com os bilhetes – insistiu a mulher – ou não vai poder pegar seu prêmio. E são ótimos prêmios, sabe. Muito apropriados.

Arthur apanhou os bilhetes e agradeceu o mais rapidamente que pôde.

A mulher virou-se para Fenny novamente.

– E, agora, que tal...

– Não! – Arthur estava quase berrando. – Esses aqui são para ela – explicou ele, sacudindo os cinco novos bilhetes.

– Ah, sim, entendi! Que gentileza!

Ela atirou mais um sorriso nauseante para eles.

– Bem, eu realmente espero que...

– Está bem – cortou Arthur. – Obrigado.

A mulher finalmente partiu para a mesa ao lado. Arthur virou-se desesperadamente para Fenny e ficou aliviado ao ver que ela estava se sacudindo em uma risada silenciosa.

Ele suspirou e sorriu.

– Onde estávamos?

– Você estava me chamando de Fenny e eu estava prestes a te pedir para não me chamar mais assim.

– Como assim?

Ela mexeu o seu suco de tomate com um longo palitinho de madeira.

– Foi por isso que eu perguntei se você era amigo do meu irmão. Do meu meio-irmão, na verdade. Ele é a única pessoa que me chama de Fenny e eu não gosto dele por causa disso.

– Então qual é...

– Fenchurch.

– O quê?

– Fenchurch.

– *Fenchurch*.

Ela lançou um olhar severo para ele.

– Isso mesmo – disse ela –, e eu estou te observando como um lince para ver se você vai me fazer a mesma pergunta idiota que todo mundo faz até eu ficar com vontade de gritar. Vou ficar chateada e decepcionada com você, se fizer. E vou gritar. Por isso, muito cuidado.

Ela sorriu e sacudiu o cabelo, deixando que caísse sobre sua testa. Ficou olhando para Arthur por trás das mechas.

– Ah, isso é um pouquinho injusto, não é?

– É.

– Tudo bem.

– Tá bom – ela disse, rindo –, pode perguntar. Assim nos livramos logo disso. De qualquer forma, é melhor do que você ficar me chamando de Fenny o tempo todo.

– Possivelmente... – disse Arthur.

– Estão faltando apenas dois bilhetes, sabe, e já que você foi tão generoso agora há pouco...

– O quê? – interrompeu Arthur.

A mulher do permanente, do sorriso e do agora praticamente vazio bloquinho de rifas estava sacudindo os dois últimos bilhetes debaixo do nariz de Arthur.

– Quis lhe dar essa chance, porque os prêmios são ótimos.

Franziu o nariz e acrescentou, confiante:

– *De muito bom gosto*. Tenho certeza de que vocês vão gostar. E é para o presente de aposentadoria de Anjie, sabe. Nós queremos lhe dar...

– Uma máquina de diálise, já sei – disse Arthur. – Aqui está.

Estendeu mais duas moedinhas de dez pence e apanhou os bilhetes.

Um pensamento pareceu ocorrer então à mulher. Ocorreu bem devagarzinho. Era possível vê-lo chegando, como uma onda bem grande se aproximando da praia.

– Oh, Deus – disse ela. – Não estou interrompendo nada, estou?

Olhou aflita para os dois.

– Não, tudo bem – respondeu Arthur. – Tudo o que poderia possivelmente estar bem – insistiu ele –, está bem. Obrigado – acrescentou.

– Digo – ela disse, em um prazeroso êxtase de preocupação –, vocês não estão... *apaixonados*, estão?

– Olha, é difícil dizer – respondeu Arthur. – Ainda não tivemos chance de conversar.

Olhou de soslaio para Fenchurch. Ela estava sorrindo.

A mulher balançou a cabeça, num gesto cúmplice.

– Vou deixar vocês darem uma olhadinha nos prêmios em um minuto – disse ela e saiu.

Arthur, suspirando, virou-se para a garota pela qual achava difícil dizer se estava apaixonado.

– Você ia me fazer uma pergunta – disse ela.

– Sim.

– Podemos fazer isso juntos se você quiser – disse Fenchurch. – Você queria saber se eu fui encontrada...

– ...em uma bolsa de mão – acrescentou Arthur.

– ...no balcão de Achados e Perdidos – disseram juntos.

– ...na estação de Fenchurch Street – terminaram.

– E a resposta – disse Fenchurch – é não.

– Exato – disse Arthur.

– Fui concebida lá.

– O quê?

– Fui con...

– No balcão de Achados e Perdidos? – perguntou Arthur, espantado.

– Não, claro que não. Não seja ridículo. O que meus pais estariam fazendo no balcão de Achados e Perdidos? – perguntou ela, meio confusa com aquele idéia.

– Bem, eu não sei – disse Arthur, perplexo –, ou melhor...

– Foi na fila para comprar passagens.

– Na...

– Fila para comprar passagens. Pelo menos é o que eles dizem. Recusam-se a dar maiores explicações. Apenas dizem que ninguém imagina como é chato ficar parado na fila para comprar passagens na estação de Fenchurch Street.

Tomou o seu suco de tomate, um pouco acanhada, e consultou o relógio.

Arthur continuou gorgolejando por alguns minutos.

– Vou ter que ir daqui a pouquinho – disse Fenchurch – e você ainda nem começou a me contar qual é a coisa terrivelmente extraordinária que você queria tanto desabafar.

– Por que não me deixa levar você de carro até Londres? – perguntou Arthur. – Hoje é sábado, eu não tenho nada de especial para fazer, eu...

– Não – respondeu Fenchurch –, obrigada, você é um doce, mas é melhor não. Preciso ficar sozinha por uns dias. – Ela sorriu e deu de ombros.

– Mas...

– Você pode me contar depois. Vou te dar o meu telefone.

O coração de Arthur começou a fazer bum bum tchacabum enquanto ela rabiscava sete números a lápis em um pedaço de papel, que em seguida entregou a ele.

– Agora podemos relaxar – ela disse, com um sorriso calmo que preencheu Arthur a tal ponto que achou que fosse explodir.

– Fenchurch – disse ele, gostando do som daquele nome –, eu...

– Uma caixa – disse uma voz arrastada – de licores de cereja e, sei que vão gostar disso, um disco com música de gaita de foles escocesa...

– Sim, obrigado, excelente – insistiu Arthur.

– Achei que deveria mostrar para vocês – disse a mulher do permanente – porque vieram de Londres...

Ela estava exibindo os prêmios orgulhosamente para Arthur. Ele podia ver que eram realmente uma caixa de licores de cereja e um disco de gaita de foles. Era exatamente o que eram.

– Vou deixar vocês tomarem os seus drinques em paz agora – disse ela, dando uma leve batidinha no ombro fervilhante de Arthur –, mas tinha certeza de que vocês gostariam de ver.

Os olhos de Arthur encontraram os de Fenchurch novamente e, de repente, não soube mais o que dizer. O momento tinha surgido e ido embora, mas a sintonia entre eles fora arruinada por aquela maldita mulher imbecil.

– Não se preocupe – disse Fenchurch, olhando fixamente para ele por cima do seu copo –, vamos conversar novamente. – Tomou um gole do suco. – Talvez – acrescentou ela – não tivesse funcionado tão bem se não fosse por ela. – Ela deu um sorrisinho sutil e o seu cabelo caiu novamente sobre o rosto.

Isso era realmente verdade.

Ele tinha que admitir que era realmente verdade.

capítulo 13

Naquela noite, em casa, enquanto galopava pela casa fazendo de conta que estava correndo por entre campos de milho em câmera lenta e explodindo sem parar em ataques súbitos de riso, Arthur imaginou que poderia até mesmo agüentar ouvir o disco de gaita de foles que ganhara na rifa. Eram oito horas e ele havia decidido que se forçaria, que se obrigaria a ouvir o disco inteiro antes de ligar para ela. Talvez fosse até mesmo melhor deixar para o dia seguinte. Aquela talvez fosse a melhor coisa a fazer. Quem sabe, até mesmo para a próxima semana.

Não. Nada de jogos. Ele a desejava e não dava a mínima se alguém percebesse. Ele a desejava, definitiva e absolutamente, queria estar ao lado dela, adorava-a e tinha tantas coisas que queria fazer com ela que não haveria nomes suficientes para todas.

Chegou a se surpreender dizendo coisas como "Iupi!" enquanto saltitava ridiculamente pela casa. Os olhos dela, o cabelo, a voz, tudo...

Parou.

Era melhor colocar o disco de gaita de foles de uma vez. E ligar para ela depois.

Ou ligar para ela antes, que tal?

Não. Ia fazer o seguinte. Ia colocar o disco de gaita de foles. Ia ouvir o disco todo, até o último lamúrio. E só então ligaria para ela. Aquela era a ordem certa. Era aquilo que ia fazer.

Tinha medo de tocar as coisas, achando que iria fazer com que explodissem.

Apanhou o disco. Ele não explodiu. Tirou da capa. Abriu o toca-discos, ligou o amplificador. Ambos sobreviveram. Dava risadas tolas enquanto pousava a agulha sobre o disco.

Sentou-se e ouviu solenemente *A Scottish Soldier*.

Ouviu *Amazing Grace*.

Ouviu algo sobre um *glen* ou algo no gênero.

E relembrou a sua miraculosa hora do almoço.

Estavam prestes a sair quando foram perturbados por uma terrível explosão de "iú-huuuus". A pavorosa mulher de permanente estava acenando para eles do outro lado do recinto, como um pássaro idiota com a asa quebrada. Todo mundo no bar estava olhando para eles e pareciam esperar alguma resposta.

Não haviam ouvido a parte sobre quão satisfeita e feliz Anjie ficaria com as quatro libras e trinta pence que haviam conseguido recolher para ajudar a comprar sua máquina de diálise. Haviam percebido vagamente que alguém na mesa ao lado ganhara uma caixa de licores de cereja e levaram um momento ou dois para descobrir que a senhora do "iú-hu" estava tentando saber se o bilhete número 37 era deles.

Arthur descobriu que era, de fato. Olhou irritado para o relógio.

Fenchurch lhe deu um empurrão.

– Vai lá – disse ela. – Vai lá buscar. Não seja mal-humorado. Faça um discurso bem bonito e diga o quanto está contente, depois você me liga e me conta como foi. Vou querer ouvir o disco, hein? Vai lá.

Ela deu um tapinha amigável no seu braço e foi embora.

Os fregueses acharam o seu discurso de agradecimento um pouco efusivo demais. Afinal, era só um disco de gaita de foles.

Arthur lembrou de tudo, ouviu a música e continuou tendo acessos de riso.

capítulo 14

Trim trim.
Trim trim.
Trim trim.

– Alô, pois não? Sim, isso mesmo. Dá pra falar mais alto, tá a maior barulheira aqui. O quê? [...] Não, eu só trabalho aqui no bar à noite. Quem fica aqui na hora do almoço é a Yvonne e o Jim, que é o dono. Não, eu não estava. O quê? [...] Fala mais alto, meu filho. [...] O quê? [...] Não, não tô sabendo nada de rifa, não. [...] Não, realmente não sei nada sobre isso. Güenta aí, eu vou chamar o Jim.

A garçonete tapou o fone com a mão e chamou o Jim.

– Jim, tem um cara no telefone dizendo que ganhou uma rifa. Fica repetindo que tinha o bilhete 37 e que ganhou.

– Não, o cara que ganhou estava aqui no bar – gritou o barman.

– Ele tá querendo saber se o bilhete ficou aqui.

– Ué, como é que ele acha que ganhou se nem tem um bilhete?

– O Jim está perguntando como é que você sabe que ganhou se nem tem um bilhete. O quê?

Ela tapou novamente o fone.

– Jim, ele fica me xingando, me enchendo a paciência. Está dizendo que tem um número no bilhete.

– Claro que tem um número no bilhete, era um maldito bilhete de rifa, né?

– Ele tá dizendo que tem um número de telefone no bilhete.

– Desliga esse telefone e vai servir os malditos clientes, tá?

capítulo 15

Oito horas a oeste, um homem sozinho estava sentado em uma praia, lamentando uma perda inexplicável. Só conseguia refletir sobre essa perda em pequenos pacotes de dor, um de cada vez, porque se pensasse na coisa toda seria grande demais para suportar.

Observava as grandes e lentas ondas do Pacífico avançando pela areia e esperava e esperava pelo nada que sabia que estava prestes a acontecer. Quando chegou a hora de nada não acontecer, realmente nada não acontecia e assim a tarde se consumia e o sol descia por trás da longa linha do mar e o dia chegava ao fim.

A praia era uma praia cujo nome não vamos citar, porque era onde ficava a sua casa particular, mas era uma pequena faixa arenosa dentre as centenas de milhas do litoral que parte de Los Angeles rumo ao oeste – o mesmo que é descrito em um verbete da nova edição do *Guia do Mochileiro das Galáxias* como "enlodada, enlameada, emporcalhada, embostada e mais aquela outra palavra que esqueci, além de várias outras coisas ruins", e em outro, escrito poucas horas depois, como "parecido com milhares de milhas quadradas de impressos de marketing do American Express, mas sem o mesmo sentido de profundidade moral. E, além disso, por algum motivo o ar é amarelo".

O litoral estende-se pelo oeste, depois faz uma curva em direção ao norte até a nevoenta baía de São Francisco, que o *Guia* descreve como "um bom lugar para ir. É fácil acreditar que todo mundo que você encontra por lá também é um viajante espacial. Fundar uma nova religião para você é a forma que eles usam para dizer 'oi'. Até que você esteja instalado e tenha dominado a manha do lugar é melhor dizer 'não' para três de cada quatro perguntas que lhe fizerem, porque existem coisas estranhíssimas acontecendo por lá e muitas podem ser letais para um alienígena desprevenido". As centenas de milhas sinuosas de penhascos e areia, palmeiras, arrebentações e entardeceres são descritas no *Guia* como "Impressionante. Mesmo".

E em algum lugar neste longo trecho de litoral ficava a casa desse homem inconsolável, um homem que muitos achavam ser louco. Mas apenas porque, dizia ele às pessoas, ele era louco mesmo.

Um das inúmeras razões pela qual as pessoas achavam que ele era louco era a peculiaridade da sua casa, que, mesmo em uma terra onde a maioria das casas era peculiar de uma maneira ou de outra, era bastante radical em sua peculiaridade.

A sua casa se chamava O Exterior do Asilo.

O seu nome era simplesmente John Watson, embora ele preferisse ser chamado – e alguns dos seus amigos haviam relutantemente concordado com isso agora – de Wonko, o São.

Na sua casa havia várias coisas estranhas, incluindo um aquário de vidro acinzentado com seis palavras gravadas nele.

Podemos falar sobre ele bem mais tarde – esse foi apenas um interlúdio para apreciar o pôr-do-sol e para dizer que ele estava lá, apreciando-o também.

Perdera tudo o que mais amava e agora estava simplesmente esperando o fim do mundo – sem saber que já tinha chegado e passado.

capítulo 16

Depois de passar um domingo nojento esvaziando latas de lixo atrás de um bar em Taunton, sem encontrar absolutamente nada, nenhum bilhete de rifa, nenhum número de telefone, Arthur fez tudo o que podia para encontrar Fenchurch e, quanto mais ele tentava, mais as semanas passavam.

Estava com ódio de si mesmo, do destino, do mundo e do clima. Chegou até, mergulhado no seu sofrimento e na sua fúria, a voltar ao restaurante do posto de gasolina, na beira da estrada, onde estivera antes de encontrá-la.

– É o chuvisco que me deixa particularmente mal-humorado.

– Por favor, pare de reclamar do chuvisco – interrompeu Arthur.

– Eu pararia, se parasse de chuviscar.

– Olha...

– Posso te contar o que vai acontecer quando parar de chuviscar?

– Não.

– Vai cair uma chuva gosmenta.

– O quê?

– Vai cair uma chuva gosmenta.

Arthur observava o mundo hediondo lá fora por cima do aro da sua xícara de café. Aquele era um lugar completamente inútil para se estar, constatou ele, e tinha sido atraído de volta para lá mais por uma questão de superstição do que de lógica. No entanto, como se para espezinhá-lo com a prova de que coincidências incríveis de fato podem acontecer, o destino decidira reuni-lo com o motorista de caminhão que encontrara da última vez.

Quanto mais tentava ignorá-lo, mais se via sendo arrastado para dentro do vórtice gravítico da conversa exasperante do sujeito.

– Acho – disse Arthur vagamente, xingando-se por sequer se dar ao trabalho de dizer isso – que está parando.

– Rá!

Arthur deu de ombros. Devia ir embora. Era isso que devia fazer. Devia simplesmente ir embora.

– *Nunca* pára de chover! – vociferou o motorista de caminhão. Deu um murro na mesa, derrubou o seu chá e, de fato, por um momento, pareceu estar irritado.

Impossível simplesmente sair sem responder a um comentário como aquele.

– É claro que pára de chover – disse Arthur. Não chegava a ser uma refutação sofisticada, mas era algo que tinha de ser dito.

– *Chove... o tempo... todo* – enfureceu-se o homem, esmurrando a mesa novamente, pontuando cada palavra com um soco.

Arthur balançou a cabeça.

– É burrice dizer que chove o tempo todo... – disse ele.

O sujeito levantou as sobrancelhas de repente, afrontado.

– Burrice? Por que é burrice? Por que é burrice dizer que chove o tempo todo se chove o tempo todo mesmo?

– Não choveu ontem.

– Choveu em Darlington.

Arthur estacou, desconfiado.

– Não vai me perguntar onde eu estava ontem? – perguntou o sujeito. – Hein?

– Não.

– Mas imagino que dê para imaginar.

– É mesmo?

– Começa com um D.

– Jura?

– E estava chovendo pacas por lá, pode acreditar.

– É melhor não sentar aí, não, colega – disse um estranho de macacão alegremente para Arthur, ao passar. – Esse é o Canto da Nuvem Negra, isso aí. Reservado especialmente para o "Raindrops Keep Falling On My Head" aí do seu lado. Tem um canto como esse reservado para ele em cada lanchonete, daqui até a ensolarada Dinamarca. Fique longe, é o meu conselho. É o que todos nós fazemos. Como vai indo, Rob? Muito ocupado? Está usando os seus pneus de chuva? Rá rá.

Passou por eles rapidamente e foi contar uma piada sobre Britt Ekland para alguém na mesa ao lado.

– Viu só, nenhum desses palhaços me leva a sério – disse Rob McKeena. – Mas – acrescentou soturnamente, inclinando-se para a frente e revirando os olhos – todos sabem que é verdade!

Arthur franziu a testa.

– Como a minha mulher – sussurrou o único dono e motorista do "Fretes McKeena – Faça chuva ou faça sol". – Ela diz que é besteira, que eu faço escândalo e reclamo à toa, mas – fez uma pausa dramática e disparou olhares perigosos – sempre recolhe as roupas do varal quando ligo para dizer que estou voltando para casa! – Ele sacudiu sua colher de café. – O que você me diz?

– Bem...

– Eu tenho um caderninho – prosseguiu. – Um caderninho. Um diário. Há quinze anos. Anotei todos os lugares por onde já passei. Dia a dia. E como estava o tempo. E o tempo sempre esteve invariavelmente horrível – rosnou ele. – Já estive em todos os cantos da Inglaterra, da Escócia, do País de Gales. Por toda a Europa, Itália, Alemanha, várias vezes na Dinamarca, na Iugoslávia. Tenho tudo isso anotado e mapeado. Até quando fui visitar o meu irmão – acrescentou ele – em Seattle.

– Bem – disse Arthur, finalmente levantando-se para ir embora –, talvez você devesse mostrar isso para alguém.

– Eu vou – disse Rob McKeena.

E de fato mostrou.

capítulo 17

Angústia, depressão. Mais angústia e mais depressão. Precisava de um projeto e arrumou um.

Ia descobrir onde havia sido a sua caverna.

Na Terra Pré-Histórica, morara em uma caverna, não uma caverna agradável, na verdade uma caverna pavorosa, mas... Não havia *mas*. Era uma caverna totalmente pavorosa e ele a detestara. Mas morara nela durante cinco anos e isso fazia dela uma espécie de lar e as pessoas não gostam de perder os seus lares de vista. Arthur Dent era uma dessas pessoas; então, foi até Exeter comprar um computador.

Aquilo era realmente o que ele queria, é claro, um computador. Mas sentia que devia ter um propósito sério em mente antes de sair por aí gastando a maior nota no que as pessoas podiam encarar como sendo apenas um brinquedinho. Então, esse era o seu propósito sério. Descobrir a localização exata de uma caverna na Terra Pré-Histórica. Explicou isso para o sujeito da loja.

– Por quê? – quis saber o sujeito da loja.

Perguntinha capciosa.

– Tudo bem, vamos pular essa parte – disse o sujeito da loja. – Como?

– Bem, eu estava esperando que você pudesse me ajudar com essa parte.

O sujeito suspirou e deixou cair os ombros.

– Você tem muita experiência com computadores?

Arthur chegou a cogitar se devia mencionar Eddie, o computador de bordo da nave Coração de Ouro, que teria feito o serviço em um segundo, ou o Pensador Profundo, ou... mas decidiu que era melhor não.

– Não – respondeu ele.

"Essa vai ser uma tarde bem divertida", disse o sujeito da loja para si mesmo.

De todo jeito, Arthur comprou o Apple. E, alguns dias depois, adquiriu também alguns softwares astronômicos, traçou os movimentos das estrelas, esquematizou pequenos diagramas toscos de como se lembrava da posição das estrelas no céu à noite sobre a sua caverna e trabalhou com afinco na coisa durante semanas, alegremente adiando a conclusão que sabia que teria de encarar inevitavelmente, ou seja, que o projeto em si era absurdo.

Desenhos toscos feitos de memória eram inúteis. Não sabia nem dizer há quanto tempo tinha sido, a não ser pelo chute de Ford Prefect, na época, de que tinham voltado no tempo "uns dois milhões de anos" e ele nem sabia como calcular a coisa toda.

Ainda assim, no final, criou um método que pelo menos iria produzir um resultado. Decidiu não se importar com o fato de que, com a extraordinária mistureba de regras inventadas, aproximações tresloucadas e conjecturas misteriosas que ele estava usando, seria preciso muita sorte para localizar a Galáxia certa, mas seguiu em frente assim mesmo e chegou a um resultado.

Ele o chamaria de resultado correto. Quem iria discordar?

Acontece que, em meio a insondável miríade de possibilidades do destino, o resultado estava de fato correto, embora ele jamais fosse saber disso. Ele simplesmente foi até Londres e bateu na porta certa.

– Ué, pensei que você fosse me ligar primeiro.

Arthur estava pasmo com a surpresa.

– Você não vai poder ficar muito tempo – disse Fenchurch. – É que eu estou de saída.

capítulo 18

Um dia de verão em Islington, repleto do pesaroso lamento das máquinas de restauração de antiguidades.

Fenchurch estava inevitavelmente ocupada durante a tarde, então Arthur saiu para passear envolto em uma névoa de êxtase e deu uma olhada em todas as lojas que, em Islington, são bastante úteis, como qualquer um que habitualmente precise de velhas ferramentas para trabalhar a madeira, capacetes da Guerra Bôer, dragas, mobília de escritório ou peixes pode prontamente confirmar.

O sol batia sobre os jardins nos terraços. Batia sobre arquitetos e encanadores. Batia em advogados e ladrões. Batia sobre as pizzas. Batia em fiscais do estado.

Bateu em Arthur quando ele entrou em uma loja de mobília restaurada.

– É um prédio interessante – disse o proprietário, efusivo. – No porão tem uma passagem secreta que dá para o bar mais próximo. Parece que foi construída para o príncipe regente, para que ele pudesse dar as suas escapadinhas.

– Entendi, para ninguém surpreendê-lo comprando móveis de pinho descascados – disse Arthur.

– Não – respondeu o proprietário –, não por esse motivo.

– Desculpe – disse Arthur. – Estou terrivelmente feliz.

– Estou vendo.

Continuou vagando atordoadamente e acabou indo parar bem na frente dos escritórios do Greenpeace. Lembrou-se do conteúdo do seu arquivo marcado "Coisas Para Fazer – Urgente!", que nunca mais havia aberto. Entrou no prédio com um sorriso alegre e disse que tinha vindo dar uma contribuição em dinheiro para ajudar a libertar os golfinhos.

– Muito engraçado – responderam –, vá embora.

Não estava exatamente preparado para aquela resposta, então tentou novamente. Desta vez ficaram bastante irritados com ele; então ele acabou deixando algum dinheiro e voltou para a rua ensolarada.

Um pouco depois das seis voltou para a casa de Fenchurch na travessa, trazendo uma garrafa de champanhe.

– Segura isso aqui – disse ela, colocando uma pesada corda em suas mãos e desaparecendo para dentro das enormes portas de madeira branca, de onde pendia um pesado cadeado em uma tranca de ferro preta.

A casa era um estábulo reformado, em uma pequena travessa industrial atrás do Royal Agricultural Hall de Islington, agora abandonado. Além das enormes portas de estábulo, também havia uma porta da frente de aparência normal, revestida de madeira envernizada com ornamentos e um golfinho preto servindo de batente. A única coisa estranha sobre essa porta era sua posição, a quase três metros de altura, já que a porta fora colocada no segundo andar e provavelmente havia sido originalmente usada para receber o feno para cavalos famintos.

Uma velha roldana projetava-se para fora dos tijolos acima da entrada e era nela que a corda que Arthur segurava estava presa. Na outra ponta da corda havia um violoncelo pendurado.

A porta abriu-se sobre a sua cabeça.

– O.k. – disse Fenchurch –, puxe a corda e mantenha o violoncelo firme. Depois faça-o subir até aqui.

Ele puxou a corda, mantendo o violoncelo firme.

– Não dá para puxar a corda de novo – disse ele – sem soltar o violoncelo.

Fenchurch deitou-se no chão.

– Eu cuido do violoncelo – disse ela. – Pode puxar a corda.

O violoncelo subiu até a altura da porta, balançando um pouco, e Fenchurch puxou-o para dentro.

– Agora, suba você – ela gritou lá para baixo.

Arthur apanhou a sacola com as comprinhas que tinha feito e entrou pelas portas do estábulo, radiante.

O cômodo de baixo, que ele vira brevemente mais cedo, era bem rústico e cheio de tralhas. Havia coisas como uma enorme e velha máquina de passar de ferro fundido e uma surpreendente pilha de pias de cozinha em um canto. Havia também um carrinho de bebê que deixou Arthur momentaneamente alarmado, mas estava caindo aos pedaços e descomplicadamente cheio de livros.

O chão era de concreto, velho e manchado, empolgantemente rachado. E essa era a medida do humor de Arthur, enquanto olhava para os degraus de madeira malconservados do outro lado da sala. Até mesmo um chão de concreto rachado parecia-lhe insuportavelmente sensual.

– Um arquiteto amigo meu vive me dizendo que poderia fazer coisas fantásticas aqui – disse Fenchurch, toda falante quando Arthur surgiu pela porta. – Ele vive vindo aqui em casa, e fica aí parado, embasbacado, resmungando alguma coisa sobre espaço, objetos, acontecimentos e propriedades maravilhosas de luz, aí me pede um lápis e some por várias semanas. Coisas fantásticas, como você vê, até agora não aconteceram por aqui.

Para falar a verdade, pensou Arthur ao examiná-lo, o cômodo superior era no mínimo razoavelmente fantástico de qualquer forma. Fora decorado com simplicidade e mobiliado com coisas feitas de almofadas e tinha um aparelho de som estéreo com auto-falantes que teriam impressionado até os caras que construíram Stonehenge.

Havia flores pálidas e quadros interessantes.

Havia uma espécie de jirau abaixo do telhado que sustentava uma cama e um banheiro no qual, explicou Fenchurch, seria até possível dançar uma valsa.

– Mas – acrescentou – apenas se você quisesse dançar sozinho e não se importasse de bater nas paredes o tempo todo. Enfim. Aqui está você.

– Pois é.

Olharam-se por um momento.

Aquele momento tornou-se um momento mais longo e, de repente, virou um momento muito longo, tão longo que mal se podia dizer de onde aquele tempo todo estava vindo.

Para Arthur, que normalmente conseguia dar um jeito de sentir-se constrangido se fosse deixado a sós por muito tempo mesmo com um vaso de banana-do-mato, aquele momento foi de constante revelação. Sentiu-se, de repente, como um animal enjaulado, nascido no zoológico, que um belo dia acorda, encontra a porta da sua jaula tranqüilamente aberta e vê, diante de si, a savana estender-se cinzenta e rosada até o distante sol nascente, enquanto à sua volta novos sons despertam.

Perguntou-se quais seriam esses novos sons, olhando para o rosto dela, francamente maravilhado, e para os seus olhos, que sorriam com uma compartilhada surpresa.

Nunca antes percebera que a vida está sempre falando com uma voz que responde às perguntas que você vive fazendo sobre ela; nunca detectara conscientemente ou reconhecera esses tons até agora, quando a vida estava algo que jamais dissera para ele, que era "sim".

Fenchurch finalmente abaixou os olhos, sacudindo a cabeça de um modo quase imperceptível.

– Eu sei – disse ela. – Vou ter que me lembrar – acrescentou – que você é o tipo de pessoa que não consegue segurar um pedacinho de papel por dois minutos sem ganhar uma rifa com ele.

Ela se virou.

– Vamos dar uma volta – disse ela, rapidamente. – Hyde Park. Vou só colocar uma roupa menos decente.

Ela usava um vestido escuro um tanto severo, não exatamente simétrico, que realmente não lhe caía bem.

– Eu uso esse vestido especialmente para o meu professor de violoncelo – explicou ela. – Ele é um cara legal, mas às vezes eu acho que todos aqueles movimentos com o arco o deixam um pouco excitado. Já volto.

Subiu com delicadeza os degraus até o jirau e disse lá de cima:

– Coloque a garrafa no congelador para mais tarde.

Ele percebeu, quando acomodou a garrafa de champanhe no congelador, que havia uma garrafa idêntica lá dentro.

Foi até a janela e olhou para fora. Virou-se e começou a fuçar os discos dela. Lá de cima, ouviu o farfalhar do seu vestido caindo no chão. Teve uma conversa consigo mesmo sobre o tipo de pessoa que ele era. Disse a si mesmo, com muita firmeza, que pelo menos por enquanto ia manter os olhos firme e inabalavelmente vidrados nas lombadas dos discos, ler os títulos, balançar a cabeça em sinal de aprovação, até mesmo contar os desgraçados, se fosse preciso. Ia manter a cabeça baixa.

Coisa que ele completa, absoluta e abjetamente não foi capaz de fazer.

Lá de cima, ela estava olhando para ele com tanta intensidade que mal pareceu notar que ele estava olhando para ela lá de baixo. Depois balançou a cabeça, deslizou um vestido leve de verão sobre o corpo e desapareceu dentro do banheiro.

Reapareceu um pouco depois, toda sorridente e com um chapéu-de-sol, descendo as escadas com extraordinária leveza.

Ela tinha um jeito estranho de se mover, quase dançando. Viu que ele tinha notado isso e inclinou a cabeça para o lado, perguntando:

– Você gosta?

– Você está maravilhosa – disse ele, simplesmente, porque ela de fato estava.

– Hummm – ela disse, como se ele não tivesse realmente respondido sua pergunta.

Fechou a porta da frente do andar de cima, que tinha ficado aberta esse tempo todo, e olhou em torno do pequeno aposento para certificar-se de que as coisas conseguiriam ficar naquele estado durante algum tempo. Os olhos de Arthur seguiram os dela e, quando ele estava olhando em outra direção, ela tirou uma coisa de uma gaveta e colocou na bolsa de lona que estava levando.

Arthur olhou para ela.

– Você está pronta?

– Você sabe – perguntou ela, com um sorriso ligeiramente intrigado – que há algo de errado comigo?

Aquela objetividade pegou Arthur de surpresa.

– Bem – disse ele –, ouvi vagamente algo sobre...

– Gostaria de saber o que você sabe sobre mim – disse ela. – Se você ficou sabendo por quem estou imaginando, pode esquecer. Russell meio que inventa umas coisas, porque não consegue lidar com a coisa em si.

Uma pontada de preocupação atingiu Arthur em cheio.

– E qual é a coisa real? – perguntou ele. – Você pode me dizer?

– Não se preocupe – respondeu ela –, não é nada demais. Só não é comum. Não é nada, nada comum.

Tocou a mão de Arthur, inclinou-se em sua direção e lhe deu um beijo rápido.

– Estou realmente curiosa para saber – disse ela – se você consegue descobrir o que é, esta noite.

Arthur sentia que, se alguém o tocasse naquele momento, ele produziria o mesmo som profundo e prolongado que o seu aquário cinzento fazia quando ele lhe dava um peteleco com a ponta da unha.

capítulo 19

Ford Prefect estava de saco cheio de ser continuamente acordado com o som de tiros.

Deslizou pela escotilha de manutenção que havia transformado em uma espécie de leito inutilizando algumas das maquinarias mais barulhentas por perto e estofando-a com toalhas. Desceu pela escada de acesso e vagou pelos corredores, mal-humorado.

Eles eram claustrofóbicos e mal iluminados. Além disso, a pouca luz que havia por lá ficava piscando e mudando de intensidade conforme a energia oscilava para cá e para lá, provocando fortes vibrações e zumbidos irritantes.

Não era isso, porém.

Parou e apoiou-se contra a parede quando algo parecido com uma pequena furadeira elétrica prateada passou voando por ele pelo corredor escuro com um desagradável chiado cortante.

Também não era isso.

Com muito desânimo, passou por cima de uma antepara e foi dar em um corredor maior, embora igualmente mal iluminado.

A nave balançou. Já vinha fazendo isso há algum tempo, mas dessa vez foi mais forte. Um pequeno pelotão de robôs passou por ele, produzindo um estardalhaço terrível.

Ainda não era isso, porém.

De um dos lados do corredor vinha uma fumaça acre; então ele foi para o outro lado.

Passou por uma série de monitores de observação inseridos nas paredes por trás de grossas lâminas de plexiglas, que ainda assim estavam bastante arranhadas.

Um deles exibia uma figura réptil verde, escamosa e grotesca, fazendo um discurso e tanto sobre o sistema de Voto Único Transferível. Era difícil dizer se ele era a favor ou contra, mas ele certamente tinha uma opinião muito forte a respeito. Ford diminuiu o som.

Também não era isso.

Passou por outro monitor. Estava exibindo um comercial de pasta de dentes que supostamente faria com que seus usuários se sentissem livres. Havia uma retumbante música nele, igualmente irritante, mas também não era aquilo.

Passou por outra tela tridimensional, muito maior do que as outras, que estava monitorando a área externa da imensa e prateada nave xaxisiana.

Enquanto observava, surgiram mil cruzadores estelares robóticos de Zirzla, terrivelmente armados, saindo da sombra de uma lua, em silhueta contra o disco cegante da estrela Xaxis, e a nave simultaneamente detonou uma chama feroz de forças incompreensivelmente pavorosas de todos os seus orifícios contra eles.

Era isso.

Ford balançou a cabeça, irritado, e esfregou os olhos. Sentou-se sobre a carcaça destruída de um robô prateado, sem brilho, que obviamente tinha pegado fogo, mas, àquela altura, já estava frio o bastante para servir de assento.

Bocejando, pegou sua cópia do *Guia do Mochileiro das Galáxias* na mochila. Ativou a tela e pesquisou meio desatento alguns verbetes de nível três e outros de nível quatro. Estava procurando algumas receitas para curar a sua insônia.

Encontrou REPOUSO, que de fato era o que estava precisando. Encontrou REPOUSO E RECUPERAÇÃO e estava prestes a prosseguir quando subitamente teve uma idéia melhor. Olhou para a tela do monitor. A batalha tornava-se mais feroz a cada segundo e o barulho era estarrecedor. A nave sacudia, gritava e cambaleava cada vez que um novo raio de colossal energia era desferido ou recebido.

Tornou a olhar para o *Guia* e pesquisou algumas possíveis localizações. Subitamente começou a rir e então remexeu novamente na sua mochila.

Apanhou um pequeno módulo de transferência de memória, retirou todos os fiapos e as migalhas de biscoito e conectou-o a uma interface na parte de trás do *Guia*.

Quando todas as informações que ele julgava relevantes já tinham sido transferidas para o módulo, ele o desconectou, colocou-o delicadamente na palma da mão, guardou o *Guia* de volta na mochila, deu um sorriso afetado e saiu em busca dos bancos de dados do computador da nave.

capítulo 20

— O objetivo do pôr-do-sol à tardinha, no verão, sobretudo nos parques – disse a voz, muito séria –, é fazer os peitos das meninas pularem para cima e para baixo mais visivelmente. Estou convencido disso.

Arthur e Fenchurch riram do comentário ao passarem pelo homem. Ela o abraçou com mais força por um instante.

– E eu tenho certeza – disse o rapaz de cabelo ruivo encaracolado e nariz comprido e fino que estava debatendo sentado em uma cadeira dobrável ao lado do lago Serpentine – que, se alguém levasse a fundo o argumento, iria perceber que ele flui com perfeita naturalidade e lógica de tudo aquilo – insistiu com seu magro companheiro de cabelo escuro que estava afundado na cadeira ao lado, arrasado por causa das suas espinhas – de que Darwin estava falando. Tenho certeza. Isso é indiscutível. E – acrescentou ele – adoro isso.

Ele se virou bruscamente e semicerrou os olhos por trás dos óculos para observar Fenchurch. Arthur puxou-a para longe e pôde sentir que ela estava tremendo de rir em silêncio.

– Próximo palpite – disse ela, quando parou de rir –, vamos lá.

– O.k. – disse ele –, o seu cotovelo. O seu cotovelo esquerdo. Há algo de errado com ele.

– Errou de novo – disse ela –, errou feio. Você está totalmente na pista errada.

O sol de verão estava mergulhando por trás das árvores no parque e era como se... Certo, não vamos medir as palavras. O Hyde Park é espetacular. Tudo nele é espetacular, tirando o lixo nas manhãs de segunda-feira. Até os patos são espetaculares. Qualquer um que passasse por lá numa tarde de verão sem ficar comovido provavelmente estaria dentro de uma ambulância com o rosto coberto pelo lençol.

Naquele parque há gente fazendo coisas bem mais insólitas do que em qualquer outro lugar. Arthur e Fenchurch viram um homem de short tocando gaita de foles sozinho sob uma árvore. O sujeito parou por um instante de tocar para colocar um casal de americanos para correr porque tinham tentado, timidamente, colocar algumas moedas no estojo do instrumento.

– Não! – gritou ele para os americanos. – Saiam daqui! Eu só estou praticando.

Recomeçou a soprar a sua gaita, mas nem mesmo o barulho que isso provocava pôde estragar o humor de Arthur e Fenchurch.

Ele a envolveu com os seus braços e foi descendo as mãos devagar pelo seu corpo.

– Não acho que seja a sua bunda – disse Arthur, depois de um tempo. – Acho que não tem nada de errado com ela.

– Não – concordou ela –, não tem absolutamente nada de errado com a minha bunda.

Eles se beijaram por tanto tempo que o gaiteiro acabou indo praticar do outro lado da árvore.

– Vou te contar uma história – disse Arthur.

– Está bem.

Encontraram um espaço na grama, relativamente livre de casais deitados um em cima do outro, sentaram-se e observaram os patos espetaculares e a luz do sol ondulando na superfície do lago que corria sob os patos espetaculares.

– Uma história – disse Fenchurch, aconchegando o braço dele no dela.

– Que vai te dar uma idéia do tipo de coisa que acontece comigo. É completamente real.

– Você sabe que algumas vezes as pessoas contam histórias que supostamente aconteceram com o melhor amigo do primo da sua mulher, mas que, no fim das contas, foram inventadas mesmo.

– Bom, parece mesmo uma dessas histórias, só que realmente aconteceu e eu sei que aconteceu, porque a pessoa com a qual tudo aconteceu fui eu.

– Como o bilhete da rifa.

Arthur riu.

– Exatamente. Eu ia pegar um trem – prosseguiu ele. – Cheguei na estação...

– Eu já te contei – interrompeu Fenchurch – o que aconteceu com os meus pais numa estação?

– Já – disse Arthur.

– Só estou conferindo.

Arthur deu uma olhada no relógio.

– Acho que já podíamos voltar – disse ele.

– Conte a sua história – respondeu ela, decidida. – Você chegou na estação.

– Eu estava uns vinte minutos adiantado. Confundi o horário do trem. Acho que é no mínimo igualmente possível – acrescentou, após uma breve reflexão – que a companhia de trens tenha confundido o horário. Nunca tinha pensado nisso.

– Tá, continua. – Fenchurch riu.

– Aí eu comprei um jornal, para fazer as palavras cruzadas, e fui até o restaurante para tomar um café.

– Você faz palavras cruzadas?

– Faço.

– Quais?

– As do *The Guardian*, normalmente.

– Eu acho que eles sempre tentam ser espertinhos. Prefiro a do *Times*. Você resolveu?

– O quê?

– As palavras cruzadas do *Guardian*.

– Ainda não tive chance de dar uma olhada nelas – disse Arthur. – Ainda estou tentando comprar um café.

– Tudo bem, então. Compre o café.

– Estou comprando. Estou comprando também alguns biscoitos.

– Que tipo?

– Rich Tea.

– Boa escolha.

– Também gosto. Com tudo isso em mãos, eu procuro uma mesa e me sento. E, antes que você me pergunte como era a mesa, não sei, não lembro, isso aconteceu há séculos. Provavelmente era redonda.

– Tá bem.

– Deixa eu recapitular a cena. Eu lá, sentado à mesa. À minha esquerda, o jornal. À direita, o café. E no meio da mesa o pacote de biscoitos.

– Estou vendo perfeitamente.

– O que você não vê – disse Arthur –, porque ainda não o mencionei, é um cara que já estava sentado nessa mesa. Ele está sentado na minha frente.

– Como ele é?

– Perfeitamente normal. Maleta de couro. Terno e gravata. Não tinha cara de quem estava prestes a fazer uma coisa estranha.

– Ah. Conheço bem esse tipo. O que ele fez?

– Ele fez o seguinte. Ele se inclinou sobre a mesa, pegou o pacote de biscoito, abriu, pegou um e...

– E?

– Comeu.

– O *quê?*

– Ele comeu.

Fenchurch olhou para ele, abismada.

– E que diabos você fez?

– Bem, diante das circunstâncias, fiz o que qualquer inglês viril faria. Fui obrigado a ignorá-lo.

– Como assim? Por quê?

– Bom, não é o tipo de coisa para a qual a gente está preparado, né? Vasculhei minha alma e descobri que não havia nada na minha criação, experiência ou até nos meus instintos básicos me dizendo como reagir diante de alguém que, sentado na minha frente, simplesmente, calmamente, rouba um dos meus biscoitos.

– Ah, você podia... – Fenchurch pensou a respeito. – É, tenho que admitir que eu teria feito a mesma coisa. E aí, o que aconteceu?

– Concentrei furiosamente a minha atenção nas palavras cruzadas – disse Arthur. – Não consegui preencher nada, tomei um gole de café, estava quente demais para beber, então eu não tinha nada para fazer. Me preparei. Apanhei um biscoito, tentando fingir que não tinha reparado que o pacote já estava misteriosamente aberto...

– Mas você reagiu, adotou uma postura firme.

– Do meu jeito, sim. Comi o biscoito. Comi deliberada e ostensivamente, para que ele não tivesse dúvida sobre o que eu estava fazendo. E, quando eu como um biscoito – disse Arthur –, devo dizer que não tem volta.

– E o que ele fez?

– Apanhou outro. Sério – insistiu Arthur –, foi exatamente o que ele fez. Ele apanhou outro biscoito e comeu. Tão claro como a luz do dia. Tão certo como estarmos sentados aqui no chão.

Fenchurch mexeu-se desconfortavelmente.

– E o problema – disse Arthur – é que, como eu não havia dito nada da primeira vez, ficou ainda mais difícil levantar o assunto da segunda vez. O que eu poderia dizer? "Com licença... não pude deixar de notar que..." Não dava mais. Não, eu o ignorei, até mesmo com mais vigor do que antes.

– Esse é o meu homem...

– Olhei para as palavras cruzadas, novamente, não consegui fazer uma linha, aí, inspirando-me na coragem de Henrique V no Dia de São Crispim...

– Ahn?

– Eu ataquei novamente. Peguei outro biscoito. E, por um momento, os nossos olhos se encontraram.

– Assim?

– Sim, bem, não, não desse jeito. Mas se encontraram. Por um breve instante. E nós dois desviamos o olhar. Mas devo dizer – disse Arthur – que houve uma pequena eletricidade no ar. Havia uma pequena tensão crescendo naquela mesa. Àquela altura.

– Imagino.

– Acabamos com o pacote assim. Ele, eu, ele, eu.

– O pacote *todo*?

– Bom, eram só oito biscoitos, mas parecia que toda uma vida de biscoitos havia se passado diante de nós. Nem mesmo os gladiadores enfrentavam algo tão difícil.

– Os gladiadores – disse Fenchurch – teriam que fazer tudo isso sob um sol forte. Exige mais do condicionamento físico.

– É, tem isso. Enfim. Quando o pacote vazio jazia morto entre nós, o cara finalmente se levantou, já tendo feito o pior, e foi embora. Eu suspirei aliviado, é claro. Anunciaram o meu trem um pouco depois, então terminei o meu café, me levantei, apanhei o jornal e, embaixo do jornal...

– Ahn?

– Estavam os meus biscoitos.

– O quê? – perguntou Fenchurch. – O quê?

– É sério.

– Não! – Ela ficou sem ar e se jogou de costas na grama, morrendo de rir.

Sentou-se novamente.

– Seu bobalhão – disse ela, levantando a voz –, seu bobo, tolo e completo idiota!

Empurrou Arthur para trás, rolou sobre ele, lhe deu um beijo e rolou de volta ao seu lugar. Ele ficou impressionado ao sentir como ela era leve.

– Agora é a sua vez de me contar uma história.

– Pensei – disse ela, com uma voz rouca e baixa – que você estivesse doido para voltar.

– Não estou com pressa – disse ele, aéreo –, quero que você me conte uma história.

Ela olhou em volta, pensando.

– Tá bem – disse ela –, mas é uma história bem curta. E não é engraçada como a sua, mas... tudo bem.

Olhou para baixo. Arthur podia sentir que era um daqueles momentos. O ar parecia estar parado em torno deles, esperando. Arthur queria que o ar fosse embora, cuidar de sua própria vida.

– Quando eu era criança... – disse ela. – Essas histórias sempre começam assim, né? "Quando eu era criança..." Tudo bem. É nesse ponto em que a garota diz, de repente, "Quando eu era criança" e começa a desabafar. Chegamos a esse ponto. Quando eu era criança, eu tinha esse quadro pendurado aos pés da cama... O que você está achando até agora?

– Estou gostando. Está fluindo bem. Você está conseguindo tornar o quarto interessante bem no início. Provavelmente seria bom desenvolver melhor a história do quadro.

– Era um desses quadros de que as crianças supostamente gostam – disse ela –, mas na prática não. Cheio de animaizinhos carinhosos, fazendo coisas carinhosas, sabe como é?

– Sei. Também fui atormentado por eles. Coelhos usando coletes.

– Exatamente. Na verdade, os meus coelhos estavam em uma balsa com ratos e corujas. Acho até que tinha uma rena.

– Na balsa.

– Na balsa. E tinha um garoto sentado lá também.

– No meio dos coelhos de colete, das corujas e da rena.

– Exatamente. Um garoto com aquele jeito de moleque cigano sorridente.

– Argh.

– O quadro me deixava preocupada, tenho que admitir. Tinha uma lontra nadando na frente da balsa e eu costumava ficar acordada à noite, preocupada com aquela lontra puxando a balsa, com todos aqueles animais desprezíveis lá dentro, que não deveriam nem estar numa balsa, para começar, e a pobre lontra tinha um rabo tão fininho para puxar a balsa... eu ficava imaginando que devia doer muito, puxar aquilo o tempo todo. A coisa me preocupava. Não muito, mas levemente, o tempo todo.

"Aí um dia – lembre-se de que eu olhava para esse quadro todas as noites, durante anos – de repente percebi que a balsa tinha uma vela. Nunca tinha visto antes. A lontra estava bem, ela só estava nadando, na dela.

Ela deu de ombros.

– Gostou da história? – perguntou ela.

– O final é fraco – disse Arthur –, deixa a platéia perguntando "Sim, mas e daí?". A história estava indo bem, mas precisa de um fechamento antes dos créditos.

Fenchurch riu e abraçou as pernas.

– Foi uma revelação tão inesperada, anos de preocupação quase despercebida subitamente abandonados, como se eu tirasse um peso das costas, como se o que era preto e branco passasse a ser colorido, como uma plantinha seca finalmente regada. Aquele tipo de mudança de perspectiva súbita que parece dizer "Deixe as suas preocupações de lado, o mundo é um lugar maravilhoso e perfeito. Na verdade, tudo é muito fácil". Você deve estar achando que estou dizendo isso porque me senti assim hoje à tarde, ou algo do tipo, não é?

– Bem, eu... – disse Arthur, perdendo a compostura de repente.

– Não, tudo bem – disse ela. – É verdade. Foi exatamente assim que me senti. Mas, veja bem, já me senti assim antes, e foi até mais forte. Incrivelmente forte. Acho que sou do tipo – disse ela, com o olhar perdido no horizonte – que tem revelações surpreendentes.

Arthur estava confuso, mal conseguia falar e sentiu que era sábio, portanto, não tentar ainda.

– Foi muito *estranho* – disse ela, mais ou menos como teria dito um dos egípcios em perseguição a respeito do comportamento do mar Vermelho quando Moisés moveu seu cajado.

– Muito estranho – repetiu ela –, porque dias antes já estava sentindo uma coisa estranha crescendo dentro de mim, como se estivesse para dar à luz ou algo assim. Não, na verdade não foi bem isso, era mais como se eu estivesse sendo conectada a alguma coisa, aos poucos. Não, também não era isso, era como se toda a Terra, através de mim, fosse...

– O número quarenta e dois significa algo para você? – perguntou Arthur gentilmente.

– O quê? Não, sobre o que você está falando? – perguntou Fenchurch.

– É só algo que me passou pela cabeça – murmurou Arthur.

– Arthur, isso é muito importante para mim, é sério.

– Minha pergunta era bem séria – disse Arthur. – Já o Universo, bem, nunca tenho muita certeza sobre ele.

– O que você quer dizer com isso?

– Me conte o resto – disse ele. – Não se preocupe se parecer estranho. Acredite, você está falando com alguém que já viu de tudo que é estranho – acrescentou ele. – E não estou me referindo aos biscoitos.

Ela concordou com a cabeça e parecia acreditar nele. De repente, agarrou o braço de Arthur.

– Foi tão simples – disse ela –, tão maravilhosa e extraordinariamente simples, quando me ocorreu.

– O que foi? – perguntou Arthur, baixinho.

– Veja bem, Arthur – disse ela –, é isso que eu não sei mais. E a perda é insuportável. Se eu tento voltar até aquele momento, fica tudo confuso e, mesmo quando me esforço, chego até a parte da xícara de chá e depois acabo desmaiando.

– O quê?

– Bom, como na sua história, a melhor parte também aconteceu numa lanchonete. Eu estava lá sentada, tomando um chá. Isso aconteceu dias depois da tal sensação crescente de estar me conectando a alguma coisa. Acho que meu corpo estava até vibrando um pouco. O prédio em frente à lanchonete estava em obras e eu estava observando pela janela, por cima da borda da minha xícara de chá, que para mim continua sendo a melhor maneira de observar os outros trabalhando. E aí, de repente, surgiu na minha cabeça uma mensagem, vinda de não sei onde. E ela era tão simples. Fazia com que tudo fizesse tanto sentido. Eu me endireitei na cadeira e pensei: "Ah! Ah, sim, então está tudo bem." Fiquei tão sobressaltada que quase derrubei a xícara de chá... na verdade, derrubei, sim. É – acrescentou ela, pensativa –, tenho certeza de que derrubei mesmo. Você está entendendo?

– Estava, até a parte da xícara de chá.

Ela sacudiu a cabeça e depois sacudiu novamente, como se tentasse limpar a mente, que era exatamente o que estava tentando fazer.

– Então foi isso. Estava tudo bem até a parte da xícara de chá. Foi então que tive a impressão de que o mundo literalmente explodiu.

– O quê?

– Eu sei que parece maluquice e todo mundo diz que foram alucinações, mas, se aquilo foi uma alucinação, então tenho alucinações em telão, em 3D com som Dolby Stereo de dezesseis canais e deveria arrumar um emprego com essa gente que já se cansou de filmes de tubarão. Foi como se o chão tivesse sido literalmente arrancado sob os meus pés e... e...

Ela bateu suavemente na grama, como se para verificar que ela estava lá e depois pareceu mudar de idéia sobre o que ia dizer.

– E então acordei no hospital. Acho que tenho entrado e saído de lá desde então. E é por isso que tenho um nervosismo instintivo diante de súbitas revelações surpreendentes de que tudo vai ficar bem. – Ela levantou o rosto e olhou para ele.

Arthur simplesmente parara de se preocupar com as estranhas anomalias que envolviam a sua volta à Terra, ou melhor, as relegara à parte do seu cérebro marcada com "Coisas Para Pensar – Urgente". "O mundo está aqui", dissera para si mesmo. "O mundo, seja lá por que for, está aqui e ele fica aqui. Comigo dentro." Mas agora o mundo parecia ondular à sua volta, como naquela noite, no carro do irmão de Fenchurch, quando ele estava contando as histórias malucas sobre o agente da CIA na represa. As árvores ondulavam diante dele. O lago ondulava, mas isso era absolutamente normal e não havia motivo para ficar alarmado, já que um ganso cinzento acabara de pousar nele. Os gansos estavam numa boa, relaxados, e não tinham grandes respostas para as quais quisessem saber a pergunta.

– De todo jeito – disse Fenchurch, súbita e radiantemente, com um largo sorriso –, tem alguma coisa errada com uma parte do meu corpo e você precisa descobrir o que é. Vamos para casa.

Arthur balançou a cabeça.

– O que foi? – perguntou ela.

Arthur não balançara a cabeça para discordar da sugestão de Fenchurch, que ele achara verdadeiramente excelente, uma das melhores sugestões do mundo, e sim porque estava, por alguns instantes, tentando se livrar da impressão recorrente de que, quando menos esperasse, o Universo ia sair de trás da porta e fazer buuu para ele.

– Só estou tentando esclarecer as coisas na minha cabeça – disse Arthur. – Você diz que sentiu como se a Terra tivesse realmente... explodido...

– Foi. Mais do que senti.

– E todo mundo diz – continuou ele, hesitante – que isso foram alucinações?

– Sim, mas Arthur, isso é ridículo. As pessoas acham que basta dizer "alucinações" que tudo o que você quer explicar fica magicamente explicado e, se sobrar alguma coisa que você não consiga entender, isso eventualmente desaparece. É só uma palavra, não explica nada. Não explica por que os golfinhos desapareceram.

– Não – respondeu Arthur. – Não – acrescentou ele, pensativo. – Não – acrescentou novamente, ainda mais pensativo. – O quê? – perguntou finalmente.

– Não explica por que os golfinhos desapareceram.

– Não – disse Arthur –, eu ouvi. De que golfinhos você está falando?

– Como assim, de que golfinhos? Estou falando de quando todos os golfinhos desapareceram.

Ela pousou a mão no joelho de Arthur, o que fez ele perceber que o formigamento que subia e descia pela sua espinha não era um carinho que ela estava fazendo nas suas costas e devia ser então uma daquelas terríveis sensações horripilantes que ele costumava ter quando as pessoas estavam tentando explicar coisas para ele.

– Os golfinhos?

– É.

– Todos os golfinhos desapareceram? – perguntou Arthur.

– Sim.

– Os golfinhos? Você está me dizendo que todos os golfinhos desapareceram? É isso – perguntou Arthur, tentando ser absolutamente claro quanto aquele ponto – o que você está dizendo?

– Arthur, onde foi que você esteve, pelo amor de Deus? Todos os golfinhos desapareceram no mesmo dia em que eu...

Ela olhou atentamente para o olhar assustado de Arthur.

– O que...?

– Nada de golfinhos. Sumiram todos. Desapareceram.

Ela examinou o rosto dele.

– Você realmente não sabia disso?

Era óbvio, pela sua expressão assustada, que ele não sabia.

– Para onde eles foram? – perguntou ele.

– Ninguém sabe. É isso o que desapareceram quer dizer. – Ela fez uma pausa. – Bom, tem um homem que diz que sabe a verdade, mas todo mundo diz que ele mora na Califórnia – disse ela – e é louco. Eu estava pensando em ir até lá falar com ele, porque essa me parece a única pista que eu tenho sobre o que aconteceu comigo.

Ela deu de ombros e olhou para ele, longa e profundamente. Colocou a mão no rosto de Arthur.

– Eu realmente gostaria de saber por onde você andou – disse ela. – Acho que algo terrível aconteceu com você também. E foi por isso que nós nos reconhecemos.

Ela olhou o parque à sua volta, que já estava sendo arrebatado pelas garras do anoitecer.

– Bom – disse ela –, agora você tem alguém para contar.

Arthur exalou vagarosamente um suspiro acumulado há muito tempo.

– É uma história muito longa – disse ele.

Fenchurch inclinou-se sobre ele e apanhou a sua bolsa de lona.

– Tem alguma coisa a ver com isso? – perguntou ela. O que ela tirou da bolsa era algo velho e usado em muitas viagens, como se tivesse sido arremessado em rios pré-históricos, tostado sob o sol que brilha tão vermelho sobre os desertos de Kakrafon, semi-enterrado nas areias de mármore que permeiam os intoxicantes oceanos de Santraginus V, congelado nas geleiras da lua de Jaglan Beta, usado como assento, chutado para lá e para cá em naves espaciais, pisado e maltratado e, como seus fabricantes previram que seriam exatamente coisas assim que aconteceriam com ele, haviam prudentemente criado uma capa com um plástico bem resistente e escrito nele, em amistosas letras garrafais, as palavras "Não entre em pânico".

– Onde você arrumou isso? – perguntou Arthur, sobressaltado, puxando-o da mão dela.

– Ah – respondeu ela –, achei mesmo que fosse seu. No carro de Russell, naquela noite. Você deixou cair. Você esteve em muitos desses lugares?

Arthur tirou o *Guia do Mochileiro das Galáxias* da capa. Era como um laptop pequeno, fino e flexível. Digitou algumas coisas até que a tela ficou iluminada com o texto.

– Em alguns – respondeu ele.

– Podemos ir até lá?

– O quê? Não – respondeu Arthur abruptamente, mas em seguida se acalmou, mas se acalmou com cautela. – Você quer? – perguntou ele, torcendo para que a resposta fosse negativa. Foi um ato de suprema generosidade da sua parte não ter dito "Você não quer, não é?", sendo o que esperava.

– Quero – respondeu ela. – Quero descobrir qual era a mensagem que eu perdi e de onde ela veio. Porque não acho – acrescentou ela, levantando-se e olhando à sua volta para a crescente escuridão que tomava o parque – que tenha vindo daqui.

– Não tenho nem mesmo certeza – acrescentou ela em seguida, abraçando Arthur pela cintura – de que sei onde é *aqui*.

capítulo 21

O *Guia do Mochileiro das Galáxias* é, como já foi freqüente e precisamente dito antes, uma daquelas coisas bastante sensacionais. Ele é, essencialmente, como já diz o título, um guia. O problema – ou melhor, um dos problemas, já que existem vários, sendo que uma boa parte deles continua atravancando os tribunais civis, comerciais e criminais em todas as partes da Galáxia e especialmente, sempre que possível, as partes mais corruptas – é este.

A frase anterior faz sentido. O problema não é esse.

É este:

Alteração.

Leia tudo novamente e você vai entender.

A Galáxia é um lugar em constantes mudanças. Honestamente, há uma quantidade enorme de mudanças e cada parte está continuamente em movimento, continuamente mudando. Um verdadeiro pesadelo, você diria, para um editor escrupuloso e consciencioso, rigorosamente empenhado em manter esse volume eletrônico enormemente detalhado e complexo a par de todas as circunstâncias e condições mutantes que a Galáxia cospe a cada minuto de cada hora a cada dia, e você estaria enganado. Você estaria enganado por deixar de perceber que o editor, como todos os editores que o *Guia* já teve até hoje, não tem a menor idéia do que palavras como "escrupuloso", "consciencioso" ou "empenhado" significam e tende a ter pesadelos a conta-gotas.

Os verbetes tendem a ser atualizados ou não via Subeta Net dependendo de quão fáceis são de ser lidos.

Por exemplo, vejam o caso de Brequinda no Foth de Avalars, famosa em mito, lenda e nas incrivelmente chatas minisséries em 3D, como o lar dos imponentes e mágicos Dragões de Fogo Fuolornis.

No passado remoto, antes do Advento de Sorth de Bragadox, quando Fragilis cantava e Saxaquine de Quenelux imperava, quando o ar era doce e as noites perfumadas, mas todos, de algum modo, conseguiam ser (ou pelo menos era o que diziam, embora como diabos eles possam ter, mesmo que remotamente, achado que alguém ia acreditar em uma alegação tão estapafúrdia, com todo aquele ar doce e aquelas noites perfumadas e o que mais se pode imaginar) virgens, não era possível atirar um tijolo em Brequinda no Foth de Avalars sem atingir, no mínimo, meia dúzia de Dragões de Fogo Fuolornis.

Se isso era algo que você desejaria ou não fazer, bom, aí já são outros quinhentos.

Não que os Dragões de Fogo não fossem uma espécie essencialmente pacífica, porque eram. Eles adoravam cada pedacinho de tudo, mas essa história de adorar coisas até o último pedacinho muitas vezes era justamente o problema: quando a pessoa ama, muitas vezes a pessoa machuca a pessoa que a pessoa ama, especialmente se a pessoa for um Dragão de Fogo Fuolornis com bafo de lança-chamas e dentes como uma cerca de parque. Outro problema é que, quando entravam no clima, muitas vezes iam em frente e machucavam bastante muitas pessoas que outras pessoas amavam também. Acrescente a tudo isso o número relativamente pequeno de malucos que realmente saíam por aí atirando tijolos e o resultado inevitável era um monte de gente seriamente ferida por dragões em Brequinda no Foth de Avalars.

E eles ligavam para isso? Nem um pouco.

Alguém os ouvia deplorando seu destino? Não.

Os Dragões de Fogo de Fuolornis eram reverenciados em toda a parte em Brequinda no Foth de Avalars por sua beleza selvagem, suas maneiras nobres e o seu hábito de morder as pessoas que não os reverenciavam.

Por quê?

A resposta era simples.

Sexo.

Há, por algum motivo inescrutável, algo quase insuportavelmente sexy em se ter imensos dragões mágicos cuspidores de fogo sobrevoando o céu em noites enluaradas, que já eram por si só perigosíssimas por conta do ar doce e coisa e tal.

Por que isso acontecia é algo que o apaixonado povo de Brequinda no Foth de Avalars não saberia explicar, assim como não teriam sequer parado a fim de discutir o assunto depois que o efeito de coisa começasse, pois bastava uma meia dúzia de Dragões de Fogo Fuolornis despontarem no horizonte do crepúsculo, com suas asas de seda e sua pele de couro, para que metade da população de Brequinda saísse correndo feito louca, floresta adentro, com a outra metade, passando lá uma noite muito ativa e ofegante a dois, e ressurgindo, com os primeiros raios da aurora, sorrindo alegremente e insistindo em afirmar, afetuosamente, que eram virgens – ainda que virgens coradas e lânguidas.

Feromônios, diziam alguns pesquisadores.

Algo sônico, diziam outros.

O lugar estava sempre apinhado de pesquisadores tentando chegar ao fundo da questão e gastando bastante tempo nessas pesquisas.

Não era de se admirar que a detalhada descrição sedutora da situação geral desse planeta no *Guia* tenha se mostrado incrivelmente popular entre os mochileiros que se permitem ser guiados por ele, de modo que jamais foi removida, deixando que os viajantes modernos descubram, por conta própria, que a Brequinda contemporânea, na Cidade-Estado de Avalars, não passa de concreto, bares de strip-tease e lanchonetes Dragon Burger.

capítulo 22

A noite em Islington estava doce e perfumada.

Claro que não havia Dragões de Fogo Fuolornis por perto, mas, se eles por acaso tivessem dado as caras, podiam muito bem dar uma parada na estrada e comer uma pizza, pois não seriam necessários.

Caso surgisse uma emergência enquanto ainda estavam no meio da sua fatia de pepperoni com porção extra de anchova, podiam tranqüilamente mandar um recado para colocarem Dire Straits no som, coisa que, como hoje é conhecido, tem o mesmo efeito.

– Não – disse Fenchurch –, ainda não.

Arthur colocou o disco do Dire Straits no som. Fenchurch deixou a porta da frente do andar de cima entreaberta, para que o ar doce e perfumado da noite encontrasse o seu caminho. Sentaram-se em algum móvel feito de almofadas, bem próximos da garrafa de champanhe aberta.

– Não – repetiu Fenchurch –, não até você descobrir o que há de errado comigo, com qual parte do meu corpo. Mas acho que – acrescentou ela, muito, muito, muito baixinho – podemos começar por onde a sua mão está agora.

Arthur disse:

– Então para que lado eu vou?

– Para baixo – respondeu Fenchurch –, nesse caso.

Ele mexeu a mão.

– Para baixo – disse ela –, é do outro lado.

– Ah, tá.

Mark Knopfler tem um talento extraordinário para fazer uma guitarra Schecter Custom Stratocaster cantar e uivar como anjos no sábado à noite, exaustos de serem bonzinhos a semana toda e precisando de uma cerveja bem forte – o que não é estritamente relevante agora, já que o disco ainda não chegou nessa parte, mas vai estar rolando muita coisa quando chegar lá e, além do mais, o autor não tem a menor intenção de ficar aqui sentado com uma lista com os nomes das faixas e um cronômetro, então é melhor comentar isso logo, enquanto as coisas ainda estão indo devagar.

– Então chegamos – disse Arthur – ao seu joelho. Há uma coisa terrível e tragicamente errada com o seu joelho esquerdo.

– O meu joelho esquerdo – disse Fenchurch – vai bem, obrigada.

– Certamente.

– Você sabia que...

– O quê?

– Ah, tudo bem, dá para ver que você sabe. Não, continue.

– Então deve ser alguma coisa com os seus pés...

Ela sorriu à luz suave e aconchegou seus ombros nas almofadas com um movimento sutil. Já que existem almofadas no Universo, especificamente em Squornshellous Beta, dois mundos depois do pantanal dos colchões, que têm um prazer ativo em ser roçadas, especialmente de maneira sutil, devido ao movimento sincopado dos ombros, foi uma pena que elas não estivessem lá. Não estavam, mas a vida é assim mesmo.

Arthur apoiou o pé esquerdo de Fenchurch no colo e examinou-o minuciosamente. Várias coisas relacionadas ao modo como o vestido dela caía por entre as pernas tornavam difícil para ele pensar com clareza naquele instante.

– Tenho que admitir – disse ele – que não faço a menor idéia do que estou procurando.

– Você vai saber quando encontrar – respondeu ela. – Tenho certeza. – A sua voz estava levemente embargada. – Não é esse pé.

Sentindo-se cada vez mais confuso, Arthur colocou o pé esquerdo dela no chão e mudou de lugar para poder observar o pé direito. Ela se inclinou um pouco, abraçando Arthur, e o beijou, porque o disco tinha chegado naquele momento em que, se você conhece o disco, sabe que seria impossível não fazer isso.

Depois, ela lhe estendeu o pé direito.

Arthur o afagou, deslizou os dedos em torno do calcanhar, debaixo dos dedos, ao longo do peito do pé e não viu nada de errado com ele.

Ela o observou, achando muita graça, deu uma risada e balançou a cabeça.

– Não, não pára – pediu ela –, mas agora não é esse.

Arthur parou e olhou curioso, com a testa franzida, para o seu pé esquerdo no chão.

– Não pára.

Ele acariciou o pé direito dela, deslizou os dedos em torno do calcanhar, por baixo dos dedos, pelo peito do pé e disse:

– Quer dizer que tem a ver com qual das pernas eu estou segurando...?

Ela fez mais um daqueles movimentos de ombros que teriam alegrado a vida de uma simples almofada em Squornshellous Beta.

Ele franziu a testa.

– Me pega no colo – disse ela, baixinho.

Ele pousou o pé direito dela no chão e se levantou. Ela também ficou de pé. Ele a segurou em seus braços e eles se beijaram novamente. Ficaram assim por alguns instantes, depois ela disse:

– Agora me coloque de volta no chão.

Ainda confuso, ele obedeceu.

– E aí?

Ela o olhou, quase desafiadora.

– Qual o problema com meus pés? – perguntou ela.

Arthur ainda não estava entendendo. Sentou-se no chão, depois ficou agachado examinando os pés dela in loco, em seu habitat natural. E, ao olhar bem de perto, algo estranho o surpreendeu. Agachou a cabeça rente ao chão e olhou. Houve uma longa pausa. Depois sentou-se de volta, pesadamente.

– Sim – ele disse –, entendi o problema com os seus pés. Eles não encostam no chão.

– E aí... o que você acha?

Arthur olhou para ela depressa e viu uma apreensão profunda tornando os olhos dela subitamente escuros. Ela mordeu o lábio; estava tremendo.

– O que... – gaguejou ela – ...você está...? – Ela jogou o cabelo sobre os olhos, carregados de lágrimas escuras de medo.

Ele levantou-se imediatamente, abraçou-a e lhe deu um beijo.

– Talvez você consiga fazer o que eu faço – disse ele, saindo pela porta da frente do segundo andar, noite adentro.

O disco chegou naquela parte boa.

capítulo 23

A batalha prosseguia implacável sobre a estrela de Xaxis. Centenas de naves zirzlas, aterradoras e horrivelmente armadas, haviam sido esmagadas e reduzidas a átomos pelas forças devastadoras que a gigantesca nave xaxisiana prateada podia lançar.

Uma parte da lua também se fora, destruída pelas mesmas armas flamejantes que rasgaram o próprio tecido do espaço ao passarem por ele.

As naves zirzlas que haviam sobrado, embora temivelmente armadas, estavam, naquele momento, irremediavelmente sobrepujadas pelo poder devastador da nave xaxisiana e procuravam se esconder atrás da lua, que se desintegrava rapidamente, quando a nave xaxisiana, em uma perseguição ensandecida, anunciou de repente que precisava de férias e abandonou o campo de batalha.

Houve um momento de medo redobrado e consternação, mas a nave de fato foi embora.

Utilizando seus extraordinários poderes, afastou-se veloz pela vasta imensidão daquele espaço irracionalmente delineado, rapidamente, sem fazer esforço e, sobretudo, em silêncio.

Recolhido em seu leito ensebado e fedorento, improvisado em uma escotilha de manutenção, Ford Prefect dormia em meio às suas toalhas, sonhando com antigos refúgios. Em algum momento sonhou com Nova York.

No sonho, estava caminhando tarde da noite pelo East Side, ao longo do rio que se tornara tão extravagantemente poluído que novas formas de vida já surgiam dele espontaneamente, exigindo planos de aposentadoria e direito de voto.

Uma dessas formas de vida flutuou perto dele, acenando. Ford acenou de volta.

A coisa foi jogada na margem e esforçou-se para sair da água.

– Oi – disse ela. – Acabei de ser criada. Sou completamente ignorante em relação ao Universo, em todos os sentidos. Será que você pode me ensinar alguma coisa?

– Puxa – murmurou Ford, um tanto perplexo. – Bom, acho que posso te indicar uns bares.

– E sobre o amor e a felicidade? Sinto uma profunda necessidade de coisas assim – disse a criatura, balançando os tentáculos. – Alguma dica?

– Você pode encontrar algo próximo ao que procura na Sétima Avenida – disse Ford.

– Eu sinto, instintivamente – insistiu ela –, que preciso ser bonito. Sou?

– Você é bem direto, hein?

– Não faz sentido ficar enrolando. Sou ou não sou?

A criatura estava esvaindo-se pelo chão, chapinhando e debulhando-se em lágrimas. Um bebum nas proximidades começou a se interessar.

– Para mim? – perguntou Ford. – Não. Mas, escuta – acrescentou ele, após uma breve pausa –, a maioria das pessoas se dá bem, sabe? Têm outros como você lá embaixo?

– Sei lá, cara – respondeu a criatura. – Como eu disse, sou novo por aqui. A vida é completamente estranha para mim. Como ela é?

Ali estava algo que Ford sentia que podia responder com autoridade.

– A vida – disse ele – é como um grapefruit.

– Tá, e como é isso?

– Bom, é meio amarelo-alaranjado, com uma casca dura do lado de fora, molhado e bem macio por dentro, onde tem uns caroços. Ah, e algumas pessoas comem metade no café-da-manhã.

– Tem mais alguém aqui com quem eu possa conversar?

– Acho que sim – respondeu Ford. – Pergunte a um policial.

Recolhido em seu leito, Ford Prefect se contorceu e virou para o outro lado. Aquele não era o seu tipo de sonho favorito, porque não tinha Eccentrica Gallumbits, a Prostituta de Três Seios de Eroticon VI, que estrelava vários dos seus sonhos. Mas pelo menos era um sonho. Pelo menos estava dormindo.

capítulo 24

Por sorte havia uma forte corrente de ar na travessa, porque há muito tempo Arthur não fazia aquele tipo de coisa ou, pelo menos, não deliberadamente, e deliberadamente era exatamente a maneira como a coisa não deve ser feita.

Lançou-se bruscamente para baixo, quase quebrando o queixo na soleira da porta, e saiu trôpego pelo ar, tão subitamente embasbacado com a coisa profundamente idiota que tinha acabado de fazer que esqueceu completamente daquela parte de cair no chão estatelado, e não caiu.

Um belo truque, pensou ele, se você é capaz de fazê-lo.

O chão estava ameaçadoramente pendurado sobre a sua cabeça.

Tentou não pensar no chão, em como ele era extraordinariamente grande e como iria machucá-lo caso decidisse parar de ficar dependurado ali e caísse sobre ele de repente. Tentou, em vez disso, ter pensamentos agradáveis sobre os lêmures, o que era uma boa idéia, porque não conseguia se lembrar exatamente o que era um lêmure: se era uma daquelas coisas que percorrem em grandes hordas majestosas as planícies de sei lá onde ou se esses eram os gnus, de modo que era uma daquelas coisas peculiares para se pensar sem ter de recorrer apenas a um tipo grudento de boa vontade generalizada em relação às coisas, e tudo isso manteve a sua mente bem ocupada enquanto o seu corpo tentava se ajustar ao fato de que não estava tocando em nada.

Um papel de chocolate Mars flutuava pela travessa.

Após um aparente momento de dúvida e indecisão, permitiu finalmente que o vento deixasse as coisas fluírem, flutuantes, entre ele e o chão.

– Arthur...

O chão continuava ameaçadoramente pendurado sobre a sua cabeça e ele sentia que provavelmente já estava na hora de tomar alguma atitude a respeito, como descer em direção a ele, e foi o que fez. Devagar. Muito, muito devagar.

Enquanto descia devagar, muito, muito devagar, fechou os olhos, com cuidado, para não esbarrar em nada.

A sensação dos seus olhos se fechando percorreu todo o seu corpo. Quando ela chegou aos pés e o corpo todo já estava avisado do fato de que seus olhos estavam fechados e não entrara em pânico por causa disso, ele virou devagar, muito, muito devagar o seu corpo para um lado e a sua mente para o outro.

Isso deveria resolver a questão do chão.

Podia sentir o ar puro sobre ele, ventando à sua volta alegremente, sem se incomodar com a sua presença e devagar, muito, muito devagar, como se acordando de um sono profundo e distante, ele abriu os olhos.

Já havia voado antes, é claro. Voara várias vezes em Krikkit até que todo aquele *passareado* o deixasse de saco cheio, mas aquilo era diferente.

Lá estava ele em seu próprio mundo, calmo e sem confusões, a não ser uma ligeira tremedeira que poderia ser atribuída a diversas coisas, estando em pleno ar.

Uns quatro ou cinco metros abaixo dele estava o asfalto e um pouco depois, à direita, os postes de luz amarelos da Upper Street.

Felizmente a travessa estava escura, já que a luz que supostamente funcionaria à noite era regulada por um temporizador engenhoso, que acendia um pouco antes do meio-dia e se apagava novamente ao anoitecer. Estava, portanto, protegido por um manto de escuridão.

Devagar, muito, muito devagar, levantou a cabeça para Fenchurch, que estava parada em uma perplexidade muda, em contraluz na soleira do andar superior.

O seu rosto estava a alguns centímetros do dele.

– Eu ia te perguntar – disse ela em voz trêmula e sussurrada – o que você estava fazendo. Aí percebi que eu estava vendo o que você estava fazendo. Você estava voando. Então me pareceu – prosseguiu, após uma breve reflexão – um pouco idiota perguntar.

Arthur perguntou:

– Você consegue?

– Não.

– Não quer tentar?

Ela mordeu o lábio e balançou a cabeça, num gesto que era mais de espanto do que de negação. Estava tremendo da cabeça aos pés.

– É muito fácil – insistiu Arthur – se você não sabe como fazer. Essa é a parte mais importante. Ter absoluta certeza de não saber como está fazendo isso.

Para demonstrar como era fácil, ele flutuou pela travessa, subiu dramaticamente e voltou para o lado dela, como uma nota soprada pelo vento.

– Pergunte-me como foi que eu fiz isso.

– Como foi que... você fez isso?

– Não sei. Nem a menor idéia.

Ela deu de ombros, confusa.

– Então como é que eu posso...?

Arthur flutuou para baixo e estendeu a mão.

– Quero que você tente – disse ele – subir na minha mão. Só um pé.

– O quê?

– Tente.

Nervosa, hesitante, quase como, pensou consigo mesma, se estivesse tentando subir na mão de alguém que estava flutuando na sua frente em pleno ar, ela apoiou o pé na mão dele.

– Agora o outro.

– Como assim?

– Tira o peso do outro pé.

– Não consigo.

– Tenta.

– Assim?

– Isso.

Nervosa, hesitante, quase como, pensou ela, se estivesse... Parou de pensar no que estava fazendo porque tinha a impressão de que na verdade não estava muito interessada em saber.

Fixou o olhar muito, muito firmemente na calha do telhado de um armazém decrépito em frente à sua casa que a incomodava há semanas porque claramente estava prestes a desabar e ela estava pensando se alguém ia tomar alguma providência ou se devia falar com alguém sobre aquilo e nem por um segundo pensou no fato de que estava de pé sobre as mãos de alguém que não estava de pé sobre nada.

– Agora – disse Arthur –, tire o peso do pé esquerdo.

Achava que o armazém pertencia à companhia de carpetes que tinha um escritório na esquina e então provavelmente deveria ir até lá e falar com eles sobre a calha – tirou o peso do pé esquerdo.

– Agora – disse Arthur –, tire o peso do seu pé direito.

– Não consigo.

– Tenta.

Nunca tinha visto a calha daquele ângulo antes e parecia que, além da lama e da gosma, tinha um ninho de passarinhos lá em cima também. Se pudesse se inclinar um pouquinho mais, tirando o peso do pé direito, possivelmente conseguiria ver melhor.

Arthur ficou preocupado ao notar que alguém lá embaixo estava tentando roubar a bicicleta dela. A última coisa que queria no momento era ter de criar caso com alguém, então torceu para o sujeito não fazer muito barulho e não olhar para cima.

Ele tinha o ar tranqüilo e astuto de alguém que habitualmente rouba bicicletas em becos e habitualmente não encontra os donos das bicicletas flutuando alguns metros acima destas. Bem relaxado graças a esses dois hábitos, foi em frente com determinação e concentração, e, quando descobriu que a bicicleta estava indiscutivelmente presa por aros de carboneto de tungstênio a uma barra de ferro enterrada no concreto, ele entortou pacificamente as duas rodas e seguiu seu caminho.

Arthur deu um longo suspiro.

– Veja que pedaço de casca de ovo achei para você – disse Fenchurch no seu ouvido.

capítulo 25

Os fiéis seguidores dos feitos de Arthur Dent podem ter tido uma impressão de seu caráter e seus hábitos que, apesar de incluir toda a verdade e, claro, nada além da verdade, de algum modo não chega aos pés, como um todo, da verdade absoluta em todos os seus gloriosos aspectos.

E os motivos são óbvios. Editar, selecionar, ter de equilibrar o que é interessante com o que é relevante e cortar os acontecimentos banais mais chatos.

Como esse, por exemplo: "Arthur Dent foi se deitar. Subiu as escadas, todos os quinze degraus, abriu a porta, entrou no quarto, tirou os sapatos, as meias, depois o resto da roupa, peça por peça, e as depositou em cima de uma pilha caprichosamente amarrotada no chão. Vestiu o pijama, aquele azul listrado. Lavou o rosto e as mãos, escovou os dentes, usou a privada, percebeu que mais uma vez tinha feito tudo na ordem errada, teve que lavar as mãos de novo e foi para a cama. Leu por uns quinze minutos, dos quais os primeiros dez minutos foram gastos tentando descobrir em que página havia parado na noite anterior, depois apagou a luz e alguns minutos depois pegou no sono.

Estava escuro. Ficou deitado para o lado esquerdo durante cerca de uma hora.

Depois agitou-se inquieto em seu sono por alguns minutos e então decidiu virar-se para o lado direito. Uma hora depois, piscou os olhos rapidamente e coçou levemente o nariz, faltando ainda uns bons vinte minutos antes que se virasse novamente do lado esquerdo. E assim passou a noite toda, dormindo.

Às quatro ele se levantou e foi ao banheiro novamente. Abriu a porta do banheiro..." E assim por diante.

Isso é encheção de lingüiça. A ação do livro não avança. De fato produz aqueles grossos volumes dos quais o mercado norte-americano vive, mas não leva ninguém a lugar algum. Resumindo: você não está a fim de saber.

Mas existem outras omissões, além dessas coisas do tipo escovar os dentes e tentar achar um par de meias limpas, e as pessoas parecem estar incrivelmente interessadas por algumas dessas.

Como é, elas querem saber, que terminou toda aquela história entre Arthur e Trillian, afinal?

A resposta é, obviamente, vá cuidar da sua vida.

E o que, perguntam eles, Arthur fazia durante todas aquelas noites no planeta Krikkit? Só porque não havia Dragões de Fogo Fuolornis ou Dire Straits no planeta, isso não quer dizer que as pessoas passassem suas noites lendo.

Ou, pegando um exemplo ainda mais específico, e naquela noite, depois da reunião do comitê na Terra Pré-Histórica, quando Arthur ficou sentado em uma colina, contemplando a lua nascendo no céu por trás do brilho vermelho das árvores com uma bela garota chamada Mella, que havia escapado por pouco de ter que passar o resto da vida olhando, todas as manhãs, para uma centena de fotografias praticamente idênticas de tubos de pasta de dentes taciturnamente iluminados no departamento de arte de uma agência de publicidade no planeta Golgafrincham? E aí? O que aconteceu depois? E a resposta, obviamente, é que o livro terminou.

No livro seguinte, a história é retomada cinco anos depois e é possível, afirmam alguns, exagerar na discrição. "Esse tal de

Arthur Dent", faz-se ouvir o grito provindo dos cantos mais longínquos da Galáxia, que agora foi até mesmo encontrado inscrito em uma misteriosa sonda espacial, supostamente originária de uma galáxia alienígena e vinda de uma distância demasiado horrorosa para sequer ser ponderada, "o que é ele, um homem ou um rato? Será possível que não se interesse por nada além de chá e das questões mais amplas da existência? Não tem vigor? Não tem personalidade? Será que, em outras palavras, ele não trepa?"

Os que querem respostas devem continuar lendo. Outros podem preferir pular direto para o último capítulo, que é bem legal e é onde aparece o Marvin.

capítulo 26

Deixando que o vento os carregasse, Arthur Dent permitiu-se pensar, por um momento indigno, que gostaria muito que seus amigos que sempre o acharam legal mas chato, ou, nos últimos tempos, esquisito mas chato, estivessem se divertindo bastante no bar, mas aquela era a última vez, por um bom tempo, que pensaria neles.

O vento os carregava, subindo em espiral vagarosamente, um em volta do outro, como as sementes de sicômoros caindo da árvore no outono, só que na direção contrária.

E enquanto subiam, carregados pelo vento, as suas mentes cantavam com a consciência em êxtase, sabendo que ou o que eles estavam fazendo era completa e totalmente impossível ou a Física tinha que se atualizar muito.

A Física balançou a cabeça e, olhando para o outro lado, concentrou-se em manter os carros na estrada de Euston e na direção do viaduto de Westway, em manter os postes de luz iluminados e em garantir que, quando alguém deixasse um cheeseburger cair em Baker Street, ele se estatelasse no chão.

Diminuindo temerariamente abaixo deles, as distantes fileiras de luz de Londres – Arthur tinha de se lembrar constantemente de que não estava nos campos coloridos e surreais de Krikkit, nas margens mais remotas da Galáxia, cujas sardas iluminadas cobriam fracamente o céu aberto acima deles, mas em Londres – balançavam, balançando, e, girando, giravam.

– Tente uma descida rápida – disse ele para Fenchurch.

– O quê?

A sua voz parecia curiosamente clara mas distante, naquele imenso vazio do ar. Sua voz soava rouca e fraca de incredulidade – tudo isso, clara, rouca, distante, fraca, tudo ao mesmo tempo.

– Estamos voando... – disse ela.

– Normal – disse Arthur –, não pense nisso. Tente uma descida rápida.

– Uma desc...

A sua mão segurou a de Arthur e, logo em seguida, o seu peso a acompanhou e, por incrível que pareça, lá foi ela, despencando abaixo dele, tentando loucamente se agarrar ao nada.

A Física deu uma olhadinha para Arthur e, congelado em horror, lá se foi ele também, tonto com a queda vertiginosa, gritando com todo o corpo, em silêncio.

Caíram porque, afinal de contas, era Londres, e realmente não era para fazer aquele tipo de coisa por lá.

Não conseguiu segurá-la porque estavam em Londres e não a alguns milhões de milhas dali, mas a setecentas e cinqüenta e seis, para ser exato; em Pisa, Galileu demonstrara claramente que dois corpos em queda caíam exatamente com a mesma aceleração, fossem quais fossem seus pesos relativos.

Caíram.

Enquanto caía, vertiginosamente, nauseantemente, Arthur constatou que, se fosse ficar vagando pelo céu acreditando em tudo o que os italianos diziam sobre a Física, quando na verdade eles mal conseguiam manter uma simples torre em pé, estariam com um problema mortal, então resolveu cair mais rápido do que Fenchurch.

Ele a agarrou por cima e tateou seus ombros até segurá-los com firmeza. Conseguiu.

Maravilha. Agora estavam caindo juntinhos, o que era muito lindo e romântico, mas não resolvia o problema básico de estarem caindo, e o chão, em vez de esperar para ver se ele tirava mais alguns truques malandros da manga, estava vindo de encontro a eles como um trem expresso.

Ele não conseguiu sustentar o peso dela, não tinha com que nem onde apoiá-lo. A única coisa que conseguia pensar era que obviamente iam morrer e que, se quisesse que qualquer coisa que não o óbvio acontecesse, teria que fazer alguma coisa que não o óbvio. Estava, enfim, em um território familiar.

Ele a soltou, empurrando-a, e quando ela se virou para olhar para ele, em completo pânico, ele segurou o dedo mindinho dela com o seu dedo mindinho e jogou-a de volta para cima, em seguida subindo aos tropeções atrás dela.

– Merda – disse Fenchurch, sentada ofegante sobre absolutamente nada e, quando ela se recuperou, voaram noite adentro.

Um pouquinho abaixo do nível das nuvens, eles pararam para conferir onde impossivelmente tinham ido parar. O chão lá embaixo era algo que não devia ser olhado com muita firmeza ou rigidez, meramente algo a ser vislumbrado *en passant*.

Fenchurch, ousada, se aventurou em algumas descidas, e descobriu que, ao se colocar exatamente acima de uma rajada de vento, conseguia fazer altos movimentos, com direito a uma pirueta no final, seguida de uma suave queda que fazia o seu vestido se inflar como um balão, e é exatamente neste ponto da história que os leitores ansiosos para saber o que Marvin e Ford Prefect andaram fazendo durante todo esse tempo deveriam pular direto para os últimos capítulos, porque nesse exato momento Arthur não pôde mais se controlar e ajudou Fenchurch a se livrar daquele vestido.

O vestido se foi, carregado pelo vento, até virar um pontinho distante que finalmente desapareceu de vista e, por vários motivos complexos, revolucionou a vida de uma família em Hounslow, quando foi descoberto estendido sobre o seu varal na manhã seguinte.

Em um silencioso abraço, flutuaram para cima até estarem nadando entre os enevoados espectros de umidade, desses que a gente consegue ver pairando em volta das asas do avião, mas nunca consegue sentir, porque estamos sentados quentinhos lá dentro do avião abafado olhando pela janelinha arranhada enquanto o filho de alguém tenta com zelo derrubar leite quente na nossa camisa.

Arthur e Fenchurch podiam senti-los, delicadamente frios e etéreos, entrelaçando-se em volta dos seus corpos, muito frios, muito etéreos. Sentiram – até mesmo Fenchurch, que, àquelas alturas, só estava protegida dos elementos por um par de peças da Marks & Spencer – que, como não iam deixar a força da gravidade perturbá-los, o frio e a escassez da atmosfera podiam muito bem se danar.

As duas peças da Marks & Spencer, que, assim que Fenchurch emergiu da massa nevoenta das nuvens, Arthur fez questão de remover muito, muito devagar – a única maneira possível de removê-las quando se está voando e não se usa as mãos –, acabaram causando um considerável estrago na manhã seguinte em, respectivamente, do sutiã para a calcinha, Isleworth e Richmond.

Ficaram um bom tempo na nuvem, porque era espessa, e quando finalmente emergiram molhados, Fenchurch girando devagar, como uma estrela-do-mar carregada por uma maré alta, descobriram que é acima das nuvens que a noite fica realmente enluarada.

A luz é sombriamente brilhante. Existem montanhas diferentes lá em cima, mas são montanhas, com as suas próprias e brancas neves gélidas.

Emergiram no alto de um denso cúmulo-nimbo e começaram a descer preguiçosamente em seus contornos, enquanto Fenchurch ajudava Arthur a se libertar das suas roupas, até que todas se foram, embaladas pelo vento, caindo aos poucos para dentro da brancura envolvente.

Ela o beijou, beijou o seu pescoço, o seu peito, e logo, logo estavam flutuando sem rumo, girando devagar, na forma de um T sem fala que teria feito até mesmo um Dragão de Fogo Fuolornis, empanturrado de pizza, bater as asas e tossir um pouquinho.

Mas não havia nenhum Dragão de Fogo Fuolornis nas nuvens, nem poderia, pois como os dinossauros, os dodôs e os majestoso Drubbered Wintwock de Stegbartle Major, na constelação de Fraz, e ao contrário do Boeing 747, que pode ser facilmente encontrado, todos foram lamentavelmente extintos, e o Universo jamais encontrará criaturas como aquelas novamente.

O motivo do Boeing 747 ter surgido do nada na lista acima não deixa de estar relacionado ao fato de que algo muito similar surgiu na vida de Arthur e Fenchurch alguns instantes depois.

E eles são enormes, assustadoramente enormes. Dá para notar quando um deles está no ar com você. São precedidos por um estrondoso deslocamento de ar, uma muralha em deslocamento de vento uivante e você é arremessado para longe, se for idiota o bastante para estar fazendo algo remotamente parecido com que o Arthur e Fenchurch estavam fazendo nas suas redondezas, como borboletas em um assalto relâmpago.

Daquela vez, porém, houve uma queda desesperadora ou uma perda de coragem, um reencontro alguns momentos depois e uma interessante idéia nova entusiasticamente sinalizada em meio ao barulho ensurdecedor.

A senhora E. Kapelsen, de Boston, Massachusetts, já era uma senhora idosa; na verdade, sentia que a sua vida estava chegando ao fim. Já havia visto muita coisa, ficara intrigada com algumas, mas estava um pouco incomodada de sentir-se enfadada com quase tudo. A vida fora bastante agradável, mas talvez um pouquinho previsível demais, um pouquinho repetitiva.

Deixando escapar um suspiro, ela abriu a cortina de plástico da janela do avião e olhou para fora, por cima da asa.

Primeiro, pensou que devia chamar a aeromoça, mas depois ela pensou, melhor, não, que se dane, definitivamente não, aquilo era para ela e só para ela.

Quando suas duas pessoas inexplicáveis finalmente deslizaram para fora da asa e sumiram na turbulência das turbinas, ela já estava bem mais alegrinha.

Estava sobretudo imensamente aliviada por constatar que praticamente tudo que as pessoas lhe disseram durante toda a sua vida estava errado.

* * *

Na manhã seguinte Arthur e Fenchurch dormiram até bem tarde na travessa, apesar do barulho contínuo de mobílias sendo restauradas.

Na noite seguinte fizeram tudo de novo, só que desta vez levaram um walkman da Sony.

capítulo 27

— Isso tudo é maravilhoso – disse Fenchurch alguns dias depois. – Mas eu realmente preciso saber o que aconteceu comigo. Sabe, essa é a diferença entre nós dois. Você perdeu alguma coisa e encontrou novamente e eu encontrei alguma coisa e depois a perdi. Preciso encontrá-la novamente.

Ela teve de sair o dia todo, então Arthur se programou para passar o dia pendurado no telefone.

Murray Bost Henson era um jornalista que trabalhava em um daqueles jornais com páginas pequenas e letras grandes. Seria bom poder dizer que aquilo não o afetava, porém, infelizmente, não era o caso. Como era o único jornalista que Arthur conhecia, decidiu telefonar para ele mesmo.

– Arthur, minha velha colher de sopa, minha velha sopeira de prata, que maravilha ouvir a sua voz. Alguém me disse que você tinha ido para o espaço ou algo assim.

Murray tinha um jeito peculiar de falar, que ele inventara para o seu próprio uso e que ninguém mais conseguia imitar ou sequer entender. A maior parte não significava absolutamente nada mesmo. E as partes que de fato tinham algum significado estavam tão incrivelmente soterradas em uma avalanche de absurdos que ninguém conseguia identificá-las no meio daquilo. Quando você finalmente percebia, bem mais tarde, quais eram as partes importantes, normalmente já era tarde demais para todos os envolvidos.

– O quê? – perguntou Arthur.

– Só um boato, minha velha presa de elefante, minha mesinha de cartas de baeta verde, só um boato. Provavelmente não quer dizer nada, mas eu posso precisar de uma declaração sua a respeito.

– Não tenho nada a declarar, isso é conversa de botequim.

– Nós vivemos disso, meu velho membro protético, nós vivemos disso. E, depois, isso se encaixaria perfeitamente de alguma forma com uma das outras coisas nas histórias dessa semana; portanto, se você negasse tudo, estaria ótimo. Com licença, acabou de cair alguma coisa do meu ouvido.

Houve uma ligeira pausa e logo depois Murray Bost Henson voltou ao telefone, com a voz genuinamente abalada.

– Acabei de me lembrar – disse ele – que noite estranha eu tive ontem. De qualquer forma, meu velho, não vou contar. Como foi andar no Cometa de Halley?

– Eu não andei no Cometa de Halley – respondeu Arthur, contendo um suspiro.

– O.k., como foi não ter andado no Cometa de Halley?

– Bastante confortável, Murray.

Houve uma pausa, enquanto Murray anotava.

– Bom para mim, Arthur, bom para Ethel, para mim e para as galinhas. E se encaixa bem com o surrealismo geral da semana. Semana Surreal, estamos pensando em chamá-la assim. Bom, né?

– Muito bom.

– Soa bem. Primeiro, tivemos esse cara que atrai a chuva.

– O quê?

– É a mais pura verdade. Tudo documentado no seu caderninho preto, tudo comprovado em cada detalhe delicioso. O Serviço de Meteorologia está como um manequim azombado subindo pelas paredes e homenzinhos esquisitos vestindo jalecos brancos estão pegando aviões nos quatro cantos do mundo, com as suas pequenas réguas e caixas e refeições rápidas. Esse cara é o joelho da abelha, Arthur, é o mamilo da vespa. Ele é, eu chegaria ao ponto de dizer, o conjunto completo das zonas erógenas de todos os insetos do mundo ocidental. Nós o estamos chamando de Deus da Chuva. Legal, né?

– Acho que conheci ele.

– Isso me soa bem. O que você disse?

– É possível que eu o tenha conhecido. Reclama o tempo todo, não é?

– Incrível! Você conhece o Deus da Chuva?

– Se for o mesmo cara. Eu disse a ele para parar de reclamar e mostrar o caderninho dele para alguém.

Murray Bost Henson fez uma pausa impressionada do outro lado da linha.

– Bom, você gerou fortunas. Você gerou grandes fortunas. Escuta, sabe quanto um agente de turismo está pagando para esse sujeito não ir a Málaga esse ano? Quero dizer, esqueça a parte de irrigar o Saara e outras coisas sem graça, esse sujeito tem uma *carreira* inteiramente nova à sua frente, simplesmente evitando ir aos lugares e sendo pago por isso. O cara está virando um fenômeno, Arthur, talvez até tenhamos que fazê-lo ganhar na loteria. Escuta, é possível que a gente queira fazer uma matéria com você: Arthur, O Homem que Fez o Deus da Chuva Chover. Soa bem não é?

– É, mas...

– Talvez tenhamos que fotografar você debaixo de uma mangueira de jardim, mas vai ficar bom. Onde você está?

– Ah, estou em Islington. Escuta, Murray...

– Islington!

– É...

– Bom, e sobre o acontecimento realmente mais surreal da semana, a verdadeira maluquice absoluta. Você sabe alguma coisa sobre essas pessoas voadoras?

– Não.

– Você deve saber. Essa é a viagem mais pancada de todos os tempos. É a verdadeira azeitona na empada. Os moradores não param de ligar para cá para dizer que tem um casal que passa as noites voando. Já colocamos uns fotógrafos trabalhando sem parar nos nossos laboratórios para conseguirem uma foto decente. Você deve ter ouvido.

– Não.

– Arthur, por onde você andou? Ah, é, no espaço, já peguei a sua declaração. Mas isso foi há meses. Escuta, isso foi noite após noite nesta semana, meu velho ralador de queijo, bem aí na sua área. O casal fica voando por aí, fazendo de tudo o que você puder imaginar. E não estou falando de espiar pelas paredes ou fingir que são pontes de viga. Você está realmente por fora?

– Sim.

– Arthur, foi quase inexprimivelmente delicioso conversar com você, chumbum, mas tenho que desligar. Eu vou mandar um cara com a câmera e a mangueira. Me passa o endereço, estou com papel e caneta na mão.

– Escuta, Murray, eu liguei para te pedir uma coisa.

– Estou cheio de coisas para fazer, Arthur.

– Eu só queria saber uma coisa sobre os golfinhos.

– Notícia velha. Ano passado. Esqueça os golfinhos. Eles se foram.

– É importante.

– Escuta, ninguém vai falar sobre isso. Vê se me entende, não dá para sustentar uma história quando a única notícia é a contínua ausência do assunto da história, sabe? Está fora da nossa praia, de qualquer maneira. Tente o *Sundays*. Talvez eles façam uma matéria no gênero "Que Fim Levou 'Que Fim Levaram os Golfinhos'" daqui a uns dois anos, lá para agosto. Mas... agora? Fazer o quê? "Os Golfinhos Continuam Sumidos"? "A Ausência dos Golfinhos Continua"? "Golfinhos – Mais Dias sem Eles"? A história morre, Arthur. Ela tomba no chão e sacode os seus pezinhos para cima e logo, logo vai para a grande espiga dourada no céu, meu velho morcego.

– Murray, eu não estou interessado se existe ou não uma história. Só quero saber como faço para entrar em contato com aquele cara na Califórnia, que diz saber alguma coisa sobre o assunto. Pensei que você pudesse me ajudar.

capítulo 28

— As pessoas estão começando a falar – disse Fenchurch naquela noite, depois de eles terem subido o violoncelo para dentro.

– Não só a falar – respondeu Arthur –, mas a publicar, em letras garrafais, logo abaixo dos prêmios da loteria. É por isso que eu achei melhor providenciar isso aqui.

Mostrou a ela os dois talões longos e estreitos das passagens áreas.

– Arthur! – exclamou, abraçando-o. – Isso quer dizer que você conseguiu falar com ele?

– Tive um dia – disse Arthur – de extrema exaustão telefônica. Falei com absolutamente todos os departamentos de absolutamente todos os jornais na Fleet Street até finalmente conseguir o telefone do sujeito.

– Você obviamente trabalhou demais, está encharcado de suor, pobrezinho.

– Não é suor – disse Arthur, exausto. – Um fotógrafo acabou de sair. Eu tentei argumentar, mas... deixa pra lá, o fato é que sim.

– Você falou com ele.

– Falei com a mulher dele. Ela me disse que ele estava esquisitão demais para atender o telefone e pediu para eu ligar mais tarde.

Arthur sentou-se pesadamente, percebendo então que estava esquecendo de alguma coisa e foi até a geladeira buscar.

– Quer um drinque?

– Mataria alguém para conseguir um. Sempre sei que estou perdida quando o meu professor de violoncelo me olha de cima a baixo e diz: "Pois bem, minha cara, que tal um pouquinho de Tchaikovsky hoje..."

– Eu liguei novamente – disse Arthur – e ela me disse que ele estava a 3.2 anos-luz do telefone e que era para eu tornar a ligar mais tarde.

– Ah.

– Aí eu liguei de novo. Ela disse que a situação estava um pouquinho melhor. Ele já estava a apenas 2.6 anos-luz do telefone, mas ainda estava muito longe para gritar.

– Você não acha – perguntou Fenchurch, meio incerta – que podíamos falar com uma outra pessoa?

– Ainda não terminou – disse Arthur. – Eu falei com uma pessoa em uma revista científica que conhece o sujeito e ele me disse que John Watson não apenas acredita como tem provas concretas, freqüentemente ditadas para ele por anjos com barbas douradas, asas verdes e usando sandálias ortopédicas do Dr. Scholl, que a teoria popular mais absurda do momento é verdadeira. Para as pessoas que questionam a veracidade dessas visões, ele triunfantemente apresenta as sandálias em questão, e a coisa não passa disso.

– Não sabia que era tão ruim assim – Fenchurch resmungou baixinho. Ela estava brincando distraidamente com as passagens.

– Bom, liguei para a Sra. Watson novamente – prosseguiu Arthur. – Aliás, talvez te interesse saber que ela é conhecida como Jill, a Enigmática.

– Entendo.

– Ainda bem que você entendeu. Fiquei com medo de você não acreditar em nada disso; então, quando eu tornei a ligar, usei a secretária eletrônica para gravar a conversa.

Foi até a secretária eletrônica, mexeu para lá e para cá, apertando todos os botões por um tempo, porque aquele era o aparelho que havia sido especialmente recomendado por uma revista especializada e era quase impossível usá-lo sem enlouquecer.

– Aqui está – disse ele, finalmente, enxugando o suor da testa.

A voz era fina e quebradiça devido a sua viagem de ida e volta a um satélite geoestacionário, mas também era assustadoramente tranqüila.

– Talvez eu devesse explicar – disse a voz de Jill Watson, a Enimática – que o telefone na verdade fica em um quarto onde ele nunca entra. É no Asilo, sabe. Wonko, o São, não gosta de entrar no Asilo, então nunca entra. Acho melhor você ficar sabendo disso, para poupar o seu tempo e suas ligações. Se você quer encontrar com ele, isso pode ser facilmente providenciado. Você só precisa chegar aqui. Ele só encontra as pessoas fora do Asilo.

Ouviram a voz de Arthur, completamente aturdido:

– Sinto muito, mas não estou entendendo. Onde fica esse Asilo?

– Onde fica o Asilo? – perguntou Arcane Jill Watson. – Você já leu as instruções nas caixinhas de palitos de dente?

Na gravação, a voz de Arthur teve de admitir que não.

– Faça isso. Talvez isso esclareça um pouquinho as coisas. Você vai ver que lá está explicado onde é que fica o Asilo. Obrigada.

A linha ficou muda. Arthur desligou a secretária eletrônica.

– Bom, creio que a gente pode encarar isso como um convite – disse ele, dando de ombros. – Eu acabei conseguindo o endereço com o cara que trabalha na revista científica.

Fenchurch olhou para Arthur novamente com uma expressão pensativa e depois para as passagens em suas mãos.

– Você acha que vale a pena? – perguntou ela.

– Bom – disse Arthur –, a única coisa com a qual todos concordam, além do fato de acharem ele completamente maluco, é que ele de fato sabe mais do qualquer outra pessoa sobre golfinhos.

capítulo 29

"Este é um aviso importante. Este é o vôo 121 para Los Angeles. Se os seus planos de viagem hoje não incluem Los Angeles, agora seria um bom momento para desembarcar."

capítulo 30

Alugaram um carro em Los Angeles, em um desses lugares que alugam carros que as outras pessoas jogaram no lixo.

– É um pouquinho complicado conseguir que ele faça uma curva – disse o cara de óculos escuros, entregando a chave do carro para eles. – Às vezes, é mais fácil descer e pegar um carro que esteja indo na direção que vocês querem.

Pernoitaram em um hotel em Sunset Boulevard, seguindo o conselho de alguém que havia dito que eles iam gostar de se sentirem intrigados nele.

– Todo mundo lá ou é inglês, ou esquisito, ou os dois. E eles têm uma piscina onde você pode assistir a roqueiros ingleses lendo *Linguagem, verdade e lógica* para os fotógrafos.

E era verdade. Lá estava um deles e ele estava fazendo exatamente isso.

O manobrista olhou com desdém para o carro deles, o que não era problema, já que eles faziam o mesmo.

Mais tarde, naquela noite, dirigiram por Hollywood Hill, passando por Mulholland Drive e pararam primeiro para contemplar o deslumbrante mar de luzes flutuantes que é Los Angeles, e, mais tarde, pararam novamente para contemplar o deslumbrante mar de luzes flutuantes que é o vale de São Fernando. Concordaram que o deslumbramento cessou imediatamente no fundo dos seus olhos, não atingindo nenhuma outra parte dos seus corpos, e foram embora estranhamente insatisfeitos com o espetáculo. Em termos de mares espetaculares de luz até que aquilo era legal, mas a luz existe para iluminar alguma coisa e, tendo passado de carro pelas coisas que aquele espetacular mar de luz estava iluminando especificamente, eles não acharam nada demais.

Dormiram tarde, descansaram pouco e acordaram ao meio-dia, justo quando estava boçalmente quente.

Dirigiram pela auto-estrada até Santa Mônica, para verem o oceano Pacífico pela primeira vez, oceano esse que Wonko, o São, passava todos os seus dias, e uma boa parte das suas noites, contemplando.

– Alguém uma vez me contou – disse Fenchurch – que ouviu duas velhinhas na praia fazendo a mesma coisa que estamos fazendo, olhando para o oceano Pacífico pela primeira vez na vida. E, segundo contaram, após uma longa pausa, uma delas disse para a outra: "Sabe, não é tão grande quanto eu esperava."

O humor deles foi melhorando enquanto passeavam pela praia em Malibu e viam todos aqueles milionários em seus barracos de praia chiques, cada um vigiando cuidadosamente o outro para verificar o quão ricos estavam ficando.

O humor melhorou ainda mais quando o sol começou a descer na parte ocidental do céu. Quando voltaram para o seu carro chinfrim e dirigiram em direção a um pôr-do-sol diante do qual ninguém com um mínimo de sensibilidade sonharia em construir uma cidade como Los Angeles, estavam se sentindo surpreendente e irracionalmente felizes e nem se incomodavam que o rádio daquele carro velho só pegasse duas estações, ao mesmo tempo ainda por cima. E daí? Ambas estavam tocando o bom e velho rock'n'roll.

– Tenho certeza de que ele vai poder nos ajudar – disse Fenchurch, convicta. – Tenho certeza. Como é mesmo o nome dele, aquele pelo qual gosta de ser chamado?

– Wonko, o São.

– Tenho certeza de que ele vai poder nos ajudar.

Arthur se perguntava se Wonko ajudaria mesmo e esperava que sim, e torcia para que o que Fenchurch perdera pudesse ser encontrado aqui, nesta Terra, fosse lá o que esta Terra fosse.

Ele esperava, assim como tinha esperado ininterrupta e fervorosamente desde o dia em que conversaram às margens do Serpentine, que não lhe obrigassem a lembrar de coisas que ele firme e deliberadamente enterrara nos recantos mais remotos da sua memória, onde esperava que as lembranças parassem de implicar com ele.

Pararam em Santa Bárbara em um restaurante de frutos do mar, instalado no que parecia ser um armazém reformado.

Fenchurch pediu um salmonete e disse que estava uma delícia.

Arthur pediu um filé de peixe-espada e disse que estava irritado.

Puxou o braço de uma garçonete que ia passando e a repreendeu:

– Por que diabos esse peixe está tão gostoso? – perguntou ele, irado.

– Por favor, desculpe o meu amigo – disse Fenchurch para a garçonete assustada. – Acho que ele está tendo um grande dia.

capítulo 31

Se você pegasse dois David Bowies e colocasse um David Bowie em cima do outro, depois colocasse um David Bowie na extremidade de cada braço do David Bowie que estava por cima e daí cobrisse tudo com um roupão de praia sujo, você teria algo que não seria exatamente parecido com John Watson, mas aqueles que o conheciam na certa o julgariam assombrosamente familiar.

Ele era alto e desengonçado.

Quando ficava sentado na sua espreguiçadeira contemplando o Pacífico, não mais com nenhum tipo de desconfiança tresloucada, e sim com uma profunda e tranqüila tristeza, era um pouco difícil dizer exatamente onde terminava a espreguiçadeira e onde começava o homem, e você hesitaria em colocar a mão, digamos, no seu antebraço, temendo que toda a estrutura se fechasse com um estalo e arrancasse o seu dedão.

Mas o seu sorriso, quando se virava para você, era extraordinário. Parecia ser composto de todas as piores coisas que a vida pode fazer com uma pessoa, mas que, quando ele as reagrupava rapidamente naquela ordem específica em seu rosto, fazia com que você sentisse que "ah, bom, então está tudo bem".

Quando ele falava, você ficava contente por ele usar o sorriso que o fazia sentir-se assim com bastante freqüência.

– Ah, sim – disse ele – , eles vêm me ver. Eles sentam aí mesmo. Aí onde vocês estão sentados.

Estava falando sobre os anjos com barbas douradas, asas verdes e sandálias ortopédicas do Dr. Scholl.

– Comem nachos, porque dizem que lá, de onde eles vêm, não tem nada parecido. São viciadões em cocaína e maravilhosos, no geral.

– São mesmo? – perguntou Arthur. – É mesmo? Então... quando é que isso acontece? Quando eles vêm?

Arthur também voltou os seus olhos para o Pacífico. Havia pequenos ituituís correndo ao longo do litoral e, aparentemente, todos com o mesmo problema: precisavam encontrar comida na areia logo após a onda ter retornado para o mar, mas não suportavam ter de molhar os pezinhos. Para contornar o problema, corriam de um jeito esquisito, como se tivessem sido criados por alguém muito esperto na Suíça.

Fenchurch estava sentada no chão, desenhando umas figuras na areia, vagarosamente.

– Geralmente nos fins de semana – respondeu Wonko, o São –, em pequenas motonetas. São ótimas máquinas. – Ele sorriu.

– Entendi – comentou Arthur. – Entendi.

Uma tosse de Fenchurch chamou a sua atenção e ele olhou para ela. Havia rascunhado uma imagem na areia, representando os dois nas nuvens. Por um momento, ele achou que ela estava tentando deixá-lo excitado, depois percebeu que aquilo era uma reprimenda. "Quem somos nós", ela estava querendo dizer, "para dizer que ele é louco?"

A casa dele era certamente peculiar, e, como essa foi a primeira coisa que Fenchurch e Arthur encontraram, ajudaria se vocês soubessem como ela era.

Era assim:

Do avesso.

Do avesso mesmo, a ponto de terem de estacionar no carpete.

Ao longo do que normalmente chamaríamos de parede externa, muito bem decorada em um elegante tom de rosa, havia estantes, duas daquelas estranhas mesinhas de três pés, com tampo semicircular, que dão a impressão de que alguém acabou de derrubar a parede no meio delas, e quadros que foram claramente produzidos para relaxar.

O que ficava realmente estranho era o teto.

Dobrava-se sobre si mesmo, como algo que Maurits C. Escher (caso ele fosse chegado a madrugadas de farra na cidade, coisa que esta narrativa não visa de modo algum sugerir, embora seja difícil, ao olhar para os seus quadros, especialmente aquele dos degraus, não pensar a respeito) poderia ter sonhado ao chegar de uma delas, pois os pequenos candelabros que deveriam estar pendurados do lado de dentro estavam do lado de fora, apontando para cima.

Confuso.

A placa na porta da frente dizia "Entre Fora" e assim, meio apreensivos, eles fizeram.

Dentro, é claro, era onde ficava Fora. Alvenaria rústica, pintura bem-feita, calhas em ordem, um pequeno jardim, algumas árvores, alguns quartos dando para fora.

E as paredes internas estendiam-se para baixo, dobrando-se curiosamente e alargavam-se no fim como se – em uma ilusão de ótica que teria feito Maurits C. Escher franzir a testa e se perguntar como havia sido criada – envolvesse o próprio oceano Pacífico.

– Oi – disse John Watson, Wonko, o São.

Ótimo, pensaram consigo mesmos, "Oi" é algo com o qual podemos lidar.

– Oi – responderam eles e, surpreendentemente, todos sorriram.

Durante um bom tempo ele pareceu curiosamente relutante em falar sobre os golfinhos, aparentando estar estranhamente distraído e dizendo "Esqueci..." sempre que eles tocavam no assunto, após ter mostrado aos dois, não sem um certo orgulho, as excentricidades da sua casa.

– Isso me dá prazer – disse ele – de uma maneira bem peculiar e não causa nenhum mal que um bom oculista não possa corrigir.

Gostaram dele. Tinha um jeitão aberto, cativante e parecia ser capaz de debochar de si mesmo antes que outra pessoa o fizesse.

– A sua mulher – disse Arthur, olhando à sua volta – mencionou uns palitos de dente. – Disse isso com um olhar acossado, como se estivesse achando que a qualquer momento ela sairia de trás de uma porta para mencioná-los novamente.

Wonko, o São, deu uma gargalhada. Era uma risada leve e franca que, aparentemente, ele já usara muitas vezes e que o deixava muito satisfeito.

– Ah, sim – disse ele –, isso tem a ver com o dia em que finalmente percebi que o mundo tinha enlouquecido completamente e decidi construir o Asilo e colocá-lo lá dentro, coitadinho, torcendo para que ficasse melhor logo.

Foi nessa hora que Arthur voltou a ficar um pouquinho nervoso.

– Aqui – explicou Wonko, o São – estamos fora do Asilo. – Apontou novamente para a alvenaria rústica, a pintura, as calhas. – Atravesse aquela porta – ele apontou para a primeira porta pela qual haviam entrado – e você entrará no Asilo. Tentei decorá-lo direitinho, para deixar os internos contentes, mas não é possível ir muito além. Nunca entro lá. Se por acaso me sinto tentado, o que raramente acontece atualmente, basta dar uma olhadinha na placa pendurada na porta que dou no pé, imediatamente.

– Aquela ali? – perguntou Fenchurch apontando, um tanto confusa, para uma placa azul com algumas instruções escritas.

– Exatamente. Foram aquelas palavras que me transformaram no eremita que hoje em dia eu sou. Aconteceu de repente. Assim que eu li, soube o que devia fazer.

Estava escrito na placa:

Segure o palito no centro. Umedeça a extremidade pontiaguda na boca. Insira entre os dentes, a extremidade afiada próxima à gengiva. Movimente suavemente de dentro para fora.

– Cheguei à conclusão – disse Wonko, o São – de que uma civilização que havia perdido a cabeça a ponto de sentir a necessidade de incluir instruções de uso detalhadas em uma caixinha de palitos de dente não era mais uma civilização onde eu pudesse viver e continuar são.

Contemplou o Pacífico novamente, como se o desafiasse a se enfurecer e dar uma bronca nele, mas ele continuou calmo, brincando com os ituituís.

– E, caso tenha passado pela cabeça de vocês duvidar, como posso ver que seria possível, sou completamente são. E é por isso que me chamo de Wonko, o São, apenas para que as pessoas fiquem tranqüilas quanto a isso. Minha mãe me chamava de Wonko quando eu era criança, todo desajeitado, derrubando as coisas, e São é o que sou e como – acrescentou ele, com um daqueles sorrisos que fazem você pensar "ah, bom, então está tudo bem" – pretendo continuar. Vamos para a praia ver o que temos para conversar?

Foram até a praia e foi lá que ele recomeçou a falar sobre os anjos com barbas douradas, asas verdes e sandálias do Dr. Scholl.

– Sobre os golfinhos... – disse Fenchurch, delicadamente, esperançosamente.

– Posso mostrar as sandálias – disse Wonko, o São.

– O senhor por acaso sabe...

– Gostaria que eu lhes mostrasse – perguntou Wonko, o São – as sandálias? Ficaram comigo. Vou buscar. Foram fabricadas pela Dr. Scholl e os anjos dizem que elas servem direitinho para o terreno no qual têm de trabalhar. Dizem que trabalham em uma barraca perto da mensagem. Quando eu digo que não entendo o que querem dizer com isso, eles respondem "não, você não sabe" e acham graça. Bom, vou buscar assim mesmo.

Quando ele voltou para dentro, ou para fora, dependendo do seu ponto de vista, Arthur e Fenchurch entreolharam-se de uma maneira intrigada e levemente desesperada, depois deram de ombros e voltaram a rabiscar desenhos na areia.

– Como estão os seus pés hoje? – perguntou Arthur, baixinho.

– Bem. Até que na areia não é tão estranho. Nem na água. A água toca neles perfeitamente. Só continuo achando que este não é o nosso mundo.

Ela deu de ombros.

– O que você acha que ele quis dizer com a mensagem? – perguntou ela.

– Não sei – respondeu Arthur, embora a lembrança de um sujeito chamado Prak, que ria da cara dele sem parar, insistisse em perturbá-lo.

Quando Wonko voltou, estava carregando algo que surpreendeu Arthur. Não eram as sandálias, elas eram sandálias absolutamente comuns, com o característico solado de madeira.

– Achei que vocês gostariam de ver o que os anjos calçam. Só por curiosidade mesmo. Não estou tentando provar nada, a propósito. Sou um cientista e sei muito bem o que pode ser chamado de prova. Mas o motivo pelo qual desejo ser chamado pelo meu apelido de infância é exatamente esse: me lembrar de que um cientista deve, acima de tudo, ser como uma criança. Se ele vê algo, deve dizer o que está vendo, independentemente daquilo ser o que ele imaginava ver ou não. Ver primeiro, testar depois. Mas sempre ver primeiro. Senão, você só vai ver o que você espera ver. A maioria dos cientistas se esquece disso. Mais tarde, vou mostrar uma coisa a vocês para demonstrar o que estou falando. Então, o outro motivo pelo qual gosto de ser chamado de Wonko, o São, é para que as pessoas pensem que sou bobo. Isso me permite dizer o que eu vejo quando eu vejo. Não dá para ser um cientista se você for ficar se preocupando se as pessoas vão ou não te achar bobo. Enfim, imaginei que vocês fossem gostar de ver isso também.

Era essa a coisa que surpreendeu Arthur quando ele a viu nas mãos de Wonko, pois era um aquário com um incrível vidro cinza-prateado, aparentemente idêntico ao que tinha em seu quarto.

Durante uns trinta segundos, Arthur ficou tentando, sem êxito, perguntar "Onde foi que você arrumou isso?" repentinamente e com a voz ofegante.

Finalmente chegara a hora, mas ele a perdeu por um milésimo de segundo.

– Onde foi que você arrumou isso? – perguntou Fenchurch repentinamente e com a voz ofegante.

Arthur olhou para Fenchurch e, repentinamente e com a voz ofegante, perguntou:

– Como assim? Você já viu um desses antes?

– Já – respondeu ela –, eu tenho um desses. Ou melhor, tinha. Russell roubou, para guardar bolas de golfe. Não sei de onde ele veio, só sei que fiquei pau da vida com Russell. Por que, você tem um também?

– Tenho, foi...

Perceberam então que Wonko, o São, estava olhando repentinamente de um para o outro, acompanhando o diálogo e tentando encaixar uma voz ofegante no meio.

– Vocês também têm um? – perguntou aos dois.

– Sim. – Responderam juntos.

Ele olhou longa e calmamente para cada um e depois levantou o aquário, para que a luz do sol californiano o atingisse em cheio.

O aquário parecia praticamente cantar sob o sol, repicar com a intensidade da luz que ele emanava e refletir uma miríade de arco-íris sombriamente brilhantes ao redor da areia e sobre eles. Ele o girou e girou novamente. Puderam ver claramente as palavras delicadamente gravadas sobre o vidro: "Até Mais, e Obrigado pelos Peixes".

– Vocês sabem o que é isso? – perguntou Wonko, baixinho.

Ambos balançaram a cabeça devagar, em um gesto negativo, admirados, praticamente hipnotizados pelo brilho das sombras cintilantes no vidro cinza.

– Isso é um presente de despedida dos golfinhos – respondeu Wonko com uma voz grave e baixa –, os golfinhos que amei e estudei, e nadei ao lado deles, e alimentei com peixes, e até mesmo tentei aprender a sua língua, uma tarefa que eles pareciam tornar inacreditavelmente impossível, levando-se em consideração que agora sei que eles eram absolutamente capazes de se comunicar na nossa língua, se quisessem.

Ele balançou a cabeça com um sorriso lento e depois olhou novamente para Fenchurch e então para Arthur.

– Você já... o que você fez com o seu? Desculpe a pergunta – falou para Arthur.

– Bom, eu coloquei um peixe nele – respondeu Arthur, um pouco envergonhado. – Por acaso eu tinha esse peixe, e não sabia direito o que fazer com ele, e aí apareceu o aquário... – Arthur foi diminuindo a voz, aos poucos.

– Não fez mais nada com ele? Não – ele próprio respondeu –, se tivesse feito, saberia. – Wonko balançou a cabeça novamente. – Minha mulher guardava gérmen de trigo no nosso – continuou ele, com uma voz mais vívida –, até que, na noite passada...

– O que aconteceu noite passada? – perguntou Arthur lentamente, sussurrando.

– Acabou o nosso gérmen de trigo – disse Wonko, finalmente. – Minha mulher – acrescentou ele – saiu para comprar mais. – Ele pareceu perdido em seus próprios pensamentos por alguns segundos.

– O que aconteceu então? – quis saber Fenchurch, no mesmo tom soprado.

– Eu o lavei – disse Wonko. – Lavei com muito, mas muito, muito cuidado, removendo até o último grãozinho de gérmen de trigo, depois enxuguei com calma, com um pano desses que não soltam fiapos, bem devagar, com bastante cuidado, girando aos poucos. E aí eu o encostei no ouvido. Vocês já... já encostaram o de vocês no ouvido?

Eles balançaram a cabeça, em um gesto negativo lento e silencioso.

– Talvez – disse ele –, vocês devessem.

capítulo 32

O profundo clamor do oceano.

As ondas dissolvendo-se na arrebentação em litorais mais longínquos do que o pensamento pode imaginar.

Os silenciosos trovões das profundezas.

Em meio a isso, vozes falando, vozes que não são vozes, trinados, morfemas, as canções semi-articuladas do pensamento.

Saudações, ondas de saudações, deslizando novamente até o inarticulado, palavras na arrebentação.

Uma onda de mágoa chocando-se nos litorais da Terra.

Ondas de alegria em – onde? Um mundo indescritivelmente descoberto, indescritivelmente alcançado, indescritivelmente molhado, uma canção de água.

Súbito, uma fuga de vozes, explicações clamorosas sobre um desastre irreversível, um mundo a ser destruído, uma onda de impotência, um espasmo de desespero, uma queda fatal e novamente palavras na arrebentação.

E então um fio de esperança, a descoberta da sombra de uma Terra nas implicações do tempo redobrado, dimensões submersas, a tração dos paralelos, profunda tração, a torção da vontade, seu arremesso e a rachadura, a passagem. Uma nova Terra puxada para o mesmo lugar; os golfinhos se foram.

Então, uma única voz espantosamente clara.

– Este aquário é um oferecimento da Campanha para Salvar os Humanos. Adeus para vocês.

Depois o som de corpos grandes, pesados e perfeitamente cinzentos, girando para uma profundeza desconhecida e insondável, rindo baixinho.

capítulo 33

Naquela noite ficaram Fora do Asilo e assistiram à tevê que vinha de dentro.

– Era isso o que eu queria que vocês vissem – disse Wonko, o São, quando repetiram as notícias na tevê. – Um antigo colega meu. Ele está no país de vocês conduzindo uma investigação. Vejam isso.

Era uma coletiva de imprensa.

"Receio não poder mencionar o nome Deus da Chuva no momento. Acreditamos que seja um exemplo de um Fenômeno Meteorológico Paracausal Espontâneo.

"O senhor pode nos explicar o que isso significa?

"Ainda não sei ao certo. Mas sejamos francos: quando encontramos alguma coisa que não compreendemos, gostamos de chamá-la usando um nome que vocês também não possam compreender e, de preferência, sequer consigam pronunciar. Digo, se deixássemos vocês saírem por aí chamando o sujeito de Deus da Chuva, ia parecer que vocês sabem de alguma coisa que nós não sabemos, o que seria totalmente inadmissível.

"Então, não, primeiro temos que encontrar um nome que deixe bem claro que isso é coisa nossa e não de vocês. Depois damos um jeito de provar que ele não é nada do que vocês disseram e sim aquilo que dissermos que é.

"Para terminar, mesmo que vocês estejam corretos, ainda assim estarão errados, porque diremos que ele é... ah... 'Sobrenormal' – não paranormal ou sobrenatural, porque vocês acham que já sabem o significado destas palavras, não, será um 'Indutor de Precipitação Incremental Sobrenormal'. É bem provável que alguém consiga encaixar um *quasi* aí no meio, por precaução. Deus da Chuva! Bolas, nunca ouvi uma coisa tão absurda em toda a minha vida. Óbvio, contudo, que vocês não vão me pegar saindo de férias com o sujeito. Obrigado, é tudo que tenho a dizer por enquanto, gostaria apenas de mandar um 'oi' para o Wonko, se ele estiver assistindo."

capítulo 34

No avião de volta para Londres a mulher que estava sentada ao lado deles olhava os dois de forma bem estranha.

Eles conversavam baixinho entre si.

– Eu ainda tenho que descobrir isso – disse Fenchurch – e tenho certeza absoluta de que você sabe de alguma coisa que não quer me contar.

Arthur suspirou e apanhou um pedaço de papel.

– Você tem um lápis aí? – perguntou ele. Ela revirou a bolsa e encontrou um.

– O que você está fazendo, querido? – perguntou ela, depois de observar Arthur durante vinte minutos, franzindo a testa, mordiscando o lápis, rabiscando algumas coisas no papel, riscando outras, rabiscando novamente e resmungando irritado.

– Estou tentando me lembrar de um endereço que alguém me deu uma vez.

– A sua vida seria infinitamente mais simples – disse ela – se você comprasse um caderninho de endereços.

Finalmente ele passou o papel para ela.

– Fique com isso – pediu ele.

Ela olhou para o papel. Em meio a todas as anotações e os rabiscos, Arthur escrevera as palavras "Montanhas de Quentulus Quazgar. Sevorbeupstry. Planeta Preliumtarn. Sol Zarss. Setor Galáctico QQ7, Ativo J Gama".

– E o que é que tem lá?

– Aparentemente – respondeu Arthur – é a Mensagem Final de Deus para a Sua Criação.

– Ah, agora sim a coisa está ficando interessante – disse Fenchurch. – E como é que a gente chega lá?

– Você tem certeza de que...?

– Quero, sim – respondeu Fenchurch, decidida. – Eu preciso saber.

Arthur olhou pela janelinha do avião para o céu aberto lá fora.

– Com licença – disse, de repente, a mulher que estava olhando os dois com uma cara esquisita. – Espero que não me achem grosseira. É que fico tão entediada nesses vôos muito longos e é sempre bom conversar com alguém. O meu nome é Enid Kapelsen, eu sou de Boston. E vocês? Voam muito?

capítulo 35

Foram para a casa de Arthur no West Country, enfiaram algumas toalhas e algumas coisinhas em uma mochila e depois ficaram sentados fazendo o que todo mochileiro galáctico acaba fazendo na maior parte do seu tempo.

Ficaram esperando um disco voador passar.

– Um amigo meu fez isso durante quinze anos – disse Arthur em uma noite, quando estavam sentados observando o céu, desanimados.

– Quem?

– O nome dele era Ford Prefect.

Arthur se pegou fazendo algo que jamais imaginara fazer novamente.

Quis saber por onde andava Ford Prefect.

Por uma extraordinária coincidência, no dia seguinte saíram duas matérias no jornal, uma sobre incidentes espantosos com um disco voador e a outra sobre uma série de brigas indecorosas em bares.

Ford Prefect apareceu um dia depois desse, com ressaca, e queixando-se de que Arthur nunca atendia o telefone.

Ele aparentava estar realmente muito mal, não só como se tivesse sido puxado através de uma cerca viva ao contrário, mas como se a cerca viva em si estivesse ao mesmo tempo sendo puxada ao contrário através de uma ceifadeira e debulhadora. Cambaleou pela sala de Arthur, rejeitando todas as ofertas de ajuda, o que foi um erro, porque o esforço fez com que ele perdesse o equilíbrio de vez, e Arthur teve, no fim das contas, que arrastá-lo até o sofá.

– Obrigado – disse Ford –, muito obrigado. Você tem... – disse ele, e dormiu por três horas seguidas.

– ...idéia – continuou subitamente, quando voltou a si – de como é difícil acessar o sistema telefônico britânico estando nas Plêiades? Estou vendo que não, então vou te contar – disse ele –, assim que você me trouxer uma xícara bem grande do café bem forte que você vai preparar agora.

Seguiu Arthur até a cozinha, mal se agüentando em pé.

– As retardadas das telefonistas ficam te perguntando de onde você está falando, você vai e diz que é de Letchworth e elas dizem que não é possível, estando naquele circuito. O que você está fazendo?

– Café para você.

– Ah, tá. – Ford pareceu curiosamente decepcionado. Olhou à sua volta, com muito desânimo. – O que é isso? – perguntou ele.

– Flocos de arroz.

– E isso?

– Páprica.

– Sei – disse Ford, solene, devolvendo ambos à mesa, um sobre o outro. Constatou que a coisa não parecia muito equilibrada, então inverteu a posição e achou melhor assim.

– Ainda estou sofrendo com o jet lag espacial – explicou. – O que eu estava dizendo mesmo?

– Que não estava ligando de Letchworth.

– Pois é, não estava. Eu expliquei para a mulher: "Dane-se Letchworth, se você acha que isso é uma questão. Na verdade, estou ligando de uma pequena nave do departamento de vendas da Companhia Cibernética de Sirius, atualmente no trecho subvelocidade-da-luz de uma viagem entre as estrelas conhecidas pelo seu mundo, mas não necessariamente por você, cara senhora." Eu disse "cara senhora" – explicou Ford Prefect –, porque não queria que ela ficasse ofendida com a minha insinuação de que ela era uma cretina ignorante...

– Muito diplomático – comentou Arthur Dent.

– Exatamente – concordou Ford –, diplomático.

Ele franziu a testa.

– Essas orações subordinadas não colaboram muito com o meu jet lag espacial. Você vai ter que me ajudar de novo com isso – prosseguiu ele – e me repetir o que era mesmo que eu estava falando?

– "Entre as estrelas" – repetiu Arthur – "conhecidas pelo seu mundo, mas não necessariamente por você, cara senhora..."

– Epsílon de Plêiades e Zeta de Plêiades – concluiu Ford, triunfante. – Uau, essa conversa pirada é bem divertida.

– Toma um café.

– Não, obrigado. "E o motivo", eu disse, "de estar incomodando a senhora em vez de fazer uma ligação direta como eu poderia, pois temos aparelhos de telecomunicação altamente sofisticados aqui nas Plêiades, é que o pão-duro do filho de uma besta espacial que está pilotando essa nave filha de uma besta espacial faz questão que eu ligue a cobrar. Dá pra acreditar numa coisa dessas?"

– E ela acreditou?

– Sei lá. Desligou na minha cara quando cheguei nesse ponto. É isso! Então o que você acha que fiz depois? – perguntou, exaltado.

– Não faço a menor idéia, Ford.

– Que pena – disse Ford –, estava esperando que você pudesse me lembrar. Eu realmente detesto esses caras, sabe. Eles são os seres mais desprezíveis do cosmos, zunindo de um lado para o outro no infinito celestial com as suas maquininhas ridículas que nunca funcionam direito, ou então, quando funcionam, executam funções que nenhum homem, em sã consciência, gostaria que executassem e – acrescentou ele, feroz – ainda fazem bipe para você no final!

Aquilo era a mais pura verdade e uma visão altamente respeitada, amplamente compartilhada por todas as pessoas que pensavam direito, as quais podem ser reconhecidas como pessoas que pensam direito pelo mero fato de compartilharem esse ponto de vista.

O *Guia do Mochileiro das Galáxias*, em um momento de lucidez ponderada, o que é praticamente único em suas atuais cinco milhões, novecentos e setenta e cinco mil, quinhentas e nove páginas, diz o seguinte sobre os produtos da Companhia Cibernética de Sirius: "é muito fácil não enxergar a sua inutilidade essencial devido à enorme realização que você sente ao conseguir finalmente fazer com que eles funcionem".

"Em outras palavras – e essa é a sólida base sobre a qual o sucesso da Companhia em toda a Galáxia está apoiado –, os seus erros de projeto fundamentais são completamente ocultados pelos seus erros de projeto superficiais."

– E esse cara – esbravejava Ford – ainda estava se esforçando para vender mais dessas coisas! Era sua missão de cinco anos para explorar novos mundos, para pesquisar novas vidas e vender Sistemas Substitutos de Música Avançados para os seus restaurantes, elevadores e barzinhos! Ou então, se eles por acaso não tivessem restaurantes, elevadores e barzinhos ainda, para acelerar o crescimento da sua civilização até que eles tivessem essa droga toda! Onde está o maldito café que eu pedi?

– Joguei fora.

– Faça mais. Lembrei agora o que eu fiz depois. Salvei a civilização tal qual a conhecemos. Sabia que era algo assim.

Voltou trôpego para a sala, onde continuou falando sozinho, esbarrando na mobília e fazendo uns sons de bipe-bipe.

Alguns minutos depois, usando uma expressão facial bastante serena, Arthur foi atrás dele.

Ford estava assustado.

– Onde você estava? – perguntou ele.

– Fazendo café para você – respondeu Arthur, ainda usando a mesma expressão serena. Há muito constatara que a única maneira de ficar junto de Ford sem problemas era manter um amplo estoque de expressões bastante serenas e usá-las o tempo todo ao lado dele.

– Você perdeu a melhor parte! – gritou Ford. – Você perdeu justo a parte em que eu ataquei o cara! Agora – concluiu ele –, eu vou ser obrigado a atacar novamente!

Ele se lançou temerariamente sobre uma cadeira e a quebrou.

– Da primeira vez, foi mais legal – disse ele, mal-humorado, fazendo um gesto vago na direção de outra cadeira quebrada, que ele tinha apoiado na mesa de jantar.

– Estou vendo – disse Arthur, lançando um olhar sereno para os destroços escorados – e, ah, para que servem todos esses cubos de gelo?

– O quê – berrou Ford. – Como assim? Você perdeu essa parte também? Esse é o equipamento de animação suspensa! Coloquei o cara em animação suspensa. Eu tinha que fazer isso, não tinha?

– Imagino que sim – disse Arthur, com a sua voz serena.

– Não mexa nisso!!! – gritou Ford.

Arthur, que estava prestes a recolocar o telefone – que por alguma razão misteriosa estava sobre a mesa – no gancho, estacou, serenamente.

– O.k. – disse Ford, se acalmando –, dá uma ouvida.

Arthur colocou o telefone no ouvido.

– É a hora certa – disse.

– Bipe, bipe, bipe – repetiu Ford – exatamente o que está sendo ouvido em todos os compartimentos da nave do tal sujeito de que te falei, enquanto ele dorme, lá no gelo, circulando devagarzinho em volta de uma lua pouco conhecida de Sesefras Magna. A Hora Certa de Londres!

– Entendo – disse Arthur novamente e decidiu que era a hora de fazer a grande pergunta.

– Por quê? – perguntou ele, serenamente.

– Se eu tiver sorte – disse Ford –, a conta telefônica vai levar aqueles desgraçados à falência.

Atirou-se no sofá, suando em bicas.

– De qualquer jeito – disse ele –, foi uma chegada dramática, não foi?

capítulo 36

O disco voador no qual Ford Prefect viajou clandestinamente causou a maior comoção em todo o mundo.

Finalmente, não havia mais nenhuma dúvida ou possibilidade de erro, nenhuma alucinação e nem misteriosos agentes da CIA flutuando em reservatórios.

Daquela vez, era real, era definitivo. Era total e definitivamente definitivo.

O disco voador desceu com um magnífico desdém por qualquer coisa que pudesse estar abaixo dele e esmagou uma extensa área de algumas das propriedades mais caras do mundo, incluindo uma boa parte da loja Harrods.

A coisa era enorme, com quase dois quilômetros de extensão, prateada, esburacada, chamuscada e desfigurada com as cicatrizes de inúmeras batalhas espaciais violentas, lutadas com selvageria à luz de sóis desconhecidos para o homem.

Uma escotilha se abriu demolindo uma seção de gastronomia da Harrods, demoliu a Harvey Nichols e, com um rangido final de arquitetura torturada, derrubou o Sheraton Park Tower.

Após um longo e angustiante momento no qual se ouviram estrondos e resmungos de maquinaria destruída, de lá saiu, descendo pela rampa, um enorme robô prateado, com trinta metros de altura.

Ele fez um gesto, levantando a mão.

– Eu venho em paz – anunciou ele, acrescentando após um longo momento de esforço adicional –, levem-me ao seu lagarto.

Ford Prefect, é claro, tinha uma explicação para aquilo tudo, enquanto assistia com Arthur às repetidas reportagens frenéticas na televisão que, por sinal, não tinham nada a dizer, além de anunciar que a coisa tinha causado um prejuízo tal, avaliado em tantos bilhões de libras e que tinha matado aquele outro número completamente diferente de pessoas, e depois repetiam tudo novamente, porque o robô, desde então, estava prostrado, balançando levemente o corpo e emitindo pequenas mensagens de erro incompreensíveis.

– Ele vem de uma democracia muito antiga, sabe...

– Você está querendo dizer que ele vem de um mundo de lagartos?

– Não – respondeu Ford que, àquelas alturas, já estava um pouco mais racional e coerente do que antes, tendo finalmente sido forçado a tomar uma xícara de café –, nada tão trivial. Nada assim tipo isso tão compreensível. No mundo dele, as pessoas são pessoas. Os líderes é que são lagartos. As pessoas odeiam os lagartos e os lagartos governam as pessoas.

– Ué – comentou Arthur –, achei que você tinha tido que era uma democracia.

– Eu disse – afirmou Ford. – E é.

– Então – quis saber Arthur, torcendo para não soar ridiculamente estúpido –, por que as pessoas não se livram dos lagartos?

– Isso sinceramente nunca passou pela cabeça delas – disse Ford. – Como elas têm direito de voto, acabam supondo que o governo que elegeram é mais ou menos parecido com o governo que querem.

– Quer dizer que eles realmente votam nos lagartos?

– Ah, sim – disse Ford, dando de ombros –, é claro.

– Mas – perguntou Arthur, sem medo de ser feliz – por quê?

– Porque, se deixam de votar em um lagarto – explicou Ford –, o lagarto errado pode assumir o poder. Você tem gim?

– O quê?

– Eu perguntei – disse Ford, com um tom crescente de impaciência entranhando-se em sua voz – se você tem gim.

– Vou ver. Conte-me sobre os lagartos.

Ford deu de ombros novamente.

– Algumas pessoas dizem que os lagartos são a melhor coisa que já lhes aconteceu – explicou ele. – Elas estão completamente enganadas, é claro, completa e absolutamente enganadas, mas é preciso que alguém tenha a coragem de dizer isso.

– Mas isso é terrível – disse Arthur.

– Olha, meu camarada – disse Ford –, se eu ganhasse um dólar altairiano cada vez que eu ouvisse um fragmento do Universo olhando para o outro fragmento do Universo e dizendo "Isso é terrível", eu não estaria sentado aqui como um limão procurando por um gim. Mas não ganho e aqui estou. Enfim, por que você está assim todo sereno, com essa cara de babaca? Está apaixonado?

Arthur disse serenamente que estava, sim.

– Com alguém que sabe onde está a garrafa de gim? E eu vou conhecê-la?

Conheceu, porque Fenchurch entrou naquele exato momento com a pilha de jornais que foi comprar na cidade. Hesitou diante dos destroços na mesa e dos destroços de Betelgeuse alojados no sofá.

– Onde está o gim? – Ford perguntou a Fenchurch. E, virando-se para Arthur: – O que aconteceu com a Trillian, por sinal?

– Hum, essa é Fenchurch – disse Arthur, completamente sem graça. – Não rolou nada com a Trillian, você deve ter visto ela por último.

– Ah, é – disse Ford –, ela se mandou com Zaphod para algum lugar. Tiveram filhos ou algo no gênero. Ou ao menos – acrescentou –, eu acho que eram filhos. Zaphod deu uma boa sossegada, sabe.

– Sério? – perguntou Arthur, ajudando Fenchurch com as compras.

– Sério – disse Ford. – Ao menos uma de suas cabeças agora está mais sã do que um avestruz que tenha tomado ácido.

– Arthur, quem é esse? – perguntou Fenchurch.

– Ford Prefect – respondeu ele. – Acho que já te falei dele por alto.

capítulo 37

Durante três dias e três noites o gigantesco robô prateado prostrou-se profundamente perplexo sobre as ruínas de Knightsbridge, balançando-se levemente e tentando compreender um monte de coisas.

Delegações do governo foram examiná-lo e jornalistas alarmados surgiram aos borbotões, fazendo perguntas uns aos outros no ar, perguntando o que achavam daquilo. Alguns aviões militares tentaram um ataque patético, mas os lagartos não deram o ar de sua graça. O robô vasculhava o horizonte, vagarosamente.

À noite, ele parecia ainda mais espetacular, iluminado pelas equipes de tevê que o filmavam continuamente enquanto ele continuamente não fazia nada.

Ele pensou e pensou e finalmente chegou a uma conclusão.

Teria de enviar seus robôs de manutenção.

Devia ter pensado naquilo antes, mas estava preocupado com outras coisas.

Os minúsculos robôs voadores surgiram chiando pela escotilha em uma tarde, em uma terrível nuvem de metal. Rondaram pelas áreas vizinhas, atacando freneticamente algumas coisas e defendendo outras.

Um deles finalmente encontrou uma loja de animais onde havia alguns lagartos, mas, ao defender a loja de animais em nome da democracia, agiu tão brutalmente que não sobrou pedra sobre pedra no lugar.

O momento crítico se deu quando uma divisão avançada de chiadores voadores descobriu o zoológico em Regent's Park e, mais especificamente, a jaula dos répteis.

Com um pouco mais de cuidado, devido aos erros cometidos anteriormente no pet shop, as furadeiras e serras tico-tico voadoras conseguiram libertar as maiores e mais rechonchudas iguanas, levando-as até o robô prateado gigante, que tentou iniciar negociações de alto nível com elas.

Finalmente o robô anunciou ao mundo que, apesar de uma troca rica, franca e generosa de pontos de vista, as negociações de alto nível haviam falhado, os lagartos foram aposentados e ele, o robô, ia sair de férias em algum lugar. Por algum motivo acabou escolhendo Bournemouth.

Ford Prefect, vendo isso na tevê, balançou a cabeça, deu risadas e tomou outra cerveja.

Tomaram providências imediatas para a sua partida.

Os kits de ferramenta voadores guincharam e serraram e furaram e fritaram coisas com luz durante um dia e uma noite e, na manhã seguinte, para a surpresa geral, um gigantesco suporte móvel começou a se dirigir para o oeste, em diversas pistas simultaneamente, com o robô sobre ele, alojado no suporte.

Dirigiu-se para o oeste, em um estranho carnaval, cercado por seus servos, por helicópteros e vans da imprensa, rasgando seu caminho até Bournemouth, onde o robô se desvencilhou lentamente das amarras do sistema de transporte e foi se deitar durante dez dias na praia.

Essa foi, de longe, a coisa mais incrível jamais acontecida em Bournemouth.

Multidões reuniram-se diariamente ao longo de um perímetro que estava sendo vigiado e protegido como área de recreação do robô, tentando ver o que ele estava fazendo.

Ele não estava fazendo nada. Estava deitado na areia. Estava deitado na areia de bruços, um pouco desajeitado.

Foi o jornalista de um periódico local que, tarde da noite, conseguiu fazer o que ninguém no mundo havia conseguido até então, que era bater um papo breve e inteligível com um dos robôs que estava vigiando a área.

Foi um feito extraordinário.

– Acho que tem uma boa matéria aí – confidenciou o jornalista, passando um cigarro pela cerca de trama de aço –, mas eu preciso de uma perspectiva local. Fiz uma lista de perguntas – prosseguiu ele, vasculhando o bolso de dentro do casaco –, e você talvez pudesse fazer com que ele, aquilo, sei lá como vocês o chamam, talvez ele pudesse dar algumas respostas rápidas.

A pequena chave de catraca voadora disse que ia ver o que podia fazer a respeito e saiu, chiando.

Não houve nenhuma resposta.

No entanto, curiosamente, as perguntas no pedaço de papel batiam mais ou menos exatamente com as perguntas que estavam passando pelos maciços circuitos de padrão industrial da mente do robô. As perguntas eram:

"O que você acha de ser um robô?"

"Como você se sente, vindo do espaço sideral?" e

"Está gostando de Bournemouth?"

Na manhã seguinte, bem cedo, começaram a arrumar as coisas, e, dentro de alguns dias, estava claro que o robô se preparava para ir embora de vez.

– O que eu quero saber é: você consegue nos colocar dentro da nave? – perguntou Fenchurch para Ford.

Ford olhou impaciente para o seu relógio.

– Tenho assuntos sérios e inacabados que preciso resolver – exclamou.

capítulo 38

Multidões se aglomeraram o mais perto possível da gigante nave prateada, o que não era nada perto. No perímetro da nave havia uma cerca patrulhada pelos minúsculos robôs de manutenção. Postado em torno desse perímetro estava o exército, que não conseguira penetrar o perímetro de jeito nenhum, mas iam garantir que ninguém penetrasse o perímetro deles. Por sua vez, estavam cercados por um cordão de isolamento da polícia, embora saber se estavam ali para proteger o público do exército ou o exército do público, ou para garantir a imunidade diplomática da nave gigante e evitar que recebesse multas de estacionamento irregular, isso era assunto completamente indefinido e sujeito a infindáveis discussões.

A cerca mais próxima da nave estava agora sendo desfeita. O exército movimentava-se, constrangido, sem saber como reagir diante do fato que a razão de estarem ali dava sinais de que iria levantar vôo e desaparecer.

O robô gigante se arrastou para dentro por volta do meio-dia; já eram cinco horas da tarde e, até então, não houve nenhum sinal do robô. Diversos barulhos foram ouvidos – mais estrondos e resmungos vindos do interior da nave, a sinfonia de um milhão de defeitos pavorosos; mas a sensação de espera tensa na multidão nascia do fato de estarem tensamente esperando uma decepção. Aquela coisa maravilhosa e extraordinária surgira em suas vidas e, de repente, estava prestes a se mandar, deixando-os para trás.

Duas pessoas sentiam isso de forma particularmente intensa. Arthur e Fenchurch vasculhavam a multidão, ansiosos, sem conseguir avistar Ford Prefect ou qualquer sinal de que ele fosse aparecer por lá.

– Ele é confiável? – perguntou Fenchurch, com a voz desanimada.

– Confiável? – repetiu Arthur. Deu uma risada cínica. – O oceano é raso? O sol é gelado? – disse ele.

As últimas partes do suporte do robô estavam sendo carregadas para dentro da nave e os últimos componentes da cerca mais próxima estavam amontoados ao pé da rampa, esperando para subir.

Os soldados em volta da rampa se postaram com convicção, ordens foram berradas de um lado para o outro, rápidas reuniões foram realizadas, mas, claro, não havia nada a ser feito.

Sem esperanças e sem um plano definido, Arthur e Fenchurch abriram caminho em meio à multidão, mas, como toda a multidão também estava tentando abrir caminho pela multidão, não chegaram a lugar nenhum.

Alguns minutos depois não havia mais nada fora da nave, todos os componentes da cerca estavam a bordo. Alguns serrotes voadores e um nível de bolha aparentemente foram dar uma última olhada em volta, depois voltaram chiando para dentro da imensa escotilha.

Alguns segundos se passaram.

Os sons de desordem mecânica vindos do interior da nave mudaram de intensidade e, lentamente, pesadamente, a imensa rampa de aço começou a ser recolhida da seção de gastronomia da Harrods. O som que acompanhou esse preparativo de decolagem foi o som de milhares de pessoas tensas, inquietas e sendo completamente ignoradas.

– Parem tudo! – bradou um megafone de dentro de um táxi que parou cantando pneus bem próximo à multidão confusa.

– Acabamos de conseguir – bradou o megafone – um importante desfalque científico! De...coberta. Isso, uma descoberta – ele se corrigiu. A porta do táxi se abriu e um homenzinho vindo de algum lugar nos arredores de Betelgeuse pulou para fora, usando um jaleco branco. – Parem tudo! – gritou ele novamente e, desta vez, sacudiu um bastão curto, grosso e preto, com luzes na ponta. As luzes piscaram brevemente, a rampa parou de subir e, obedecendo aos sinais do Polegar (sinais estes que metade dos engenheiros eletrônicos da Galáxia está constantemente tentando descobrir novas maneiras para interceptar, enquanto a outra metade está constantemente buscando novas maneiras de interceptar os sinais de interceptação), começou a descer novamente, bem devagar.

Ford Prefect apanhou o seu megafone de dentro do táxi e começou a gritar para a multidão.

– Abram caminho – berrava ele –, abram caminho, por favor, essa é uma descoberta científica importantíssima. Você aí e você também apanhem o equipamento dentro do táxi.

Absolutamente por acaso, ele apontou para Arthur e para Fenchurch, que lutaram para se desvencilhar da multidão e alcançaram o táxi o mais rápido possível.

– Muito bem, quero que vocês abram caminho, por favor, para alguns equipamentos científicos fundamentais – gritou Ford. – Por favor, fiquem calmos. Está tudo sob controle, não há nada para se ver aqui. Trata-se apenas de uma descoberta científica importante. Fiquem calmos. Equipamentos científicos importantes. Vamos abrindo caminho aí.

Ávida por emoções novas, encantada com aquela suspensão temporária e repentina da frustração, a multidão entusiasticamente recuou e começou a abrir caminho.

Arthur ficou um pouco surpreso ao ler o que estava impresso nas caixas dos equipamentos científicos importantíssimos que estavam no banco de trás do táxi.

– Coloca o seu casaco por cima das caixas – sussurrou para Fenchurch, enquanto as levantava e passava para ela. Rapidamente, tirou o grande carrinho de supermercado que também estava espremido no banco de trás. Ele bateu no chão fazendo barulho e, juntos, Arthur e Fenchurch colocaram as caixas lá dentro.

– Abram caminho, por favor – gritou Ford novamente. – Está tudo sob controle científico.

– Ele disse que você ia pagar a corrida – disse o motorista de táxi para Arthur, que desencavou algumas notas e entregou ao homem. Pôde ouvir o som distante de sirenes da polícia.

– Saiam da frente – gritou Ford – e ninguém vai se machucar aqui.

A multidão se movimentou, fechando-se novamente atrás deles, enquanto Arthur e Fenchurch empurravam e arrastavam o carrinho de supermercado freneticamente em meio aos entulhos até a rampa.

– Está tudo bem – Ford continuou a gritar. – Não há nada para se ver aqui, já acabou. Na verdade, nada disso está acontecendo.

– Abram o caminho, por favor – bradou um megafone da polícia, por trás da multidão. – Houve um desfalque, abram caminho.

– Descoberta – berrou Ford, contra-atacando. – Uma descoberta científica!

– Aqui é a polícia! Abram caminho!

– Equipamento científico! Abram caminho!

– Polícia! Precisamos passar!

– Walkmans de graça! – gritou Ford, puxando meia dúzia de aparelhos portáteis dos bolsos e jogando-os para a multidão. Os segundos de absoluta confusão que se seguiram permitiram que eles pudessem levar o carrinho até a rampa e o arrastarem para dentro.

– Segurem-se – sussurrou Ford, apertando um botão em seu Polegar Eletrônico. Debaixo dos três, a imensa rampa começou a vibrar e a subir, bem devagar.

– O.k., crianças – disse ele, conforme a multidão ensandecida ia ficando mais e mais distante e eles começavam a avançar, cambaleantes, da rampa inclinada para o interior da nave –, parece que estamos a caminho.

capítulo 39

Arthur Dent estava de saco cheio de ser continuamente acordado com o som de tiros.

Cuidando para não acordar Fenchurch, que ainda conseguia dormir intermitentemente, deslizou pela escotilha de manutenção que haviam transformado em uma espécie de leito, desceu pela escada de acesso e vagou pelos corredores, mal-humorado.

Eles eram claustrofóbicos e mal iluminados. Os circuitos de luz emitiam um zumbido irritante.

Não era isso, porém.

Parou e apoiou-se contra a parede quando uma furadeira elétrica voadora passou por ele no corredor escuro com um desagradável chiado cortante, por vezes batendo contra as paredes como uma abelha confusa.

Também não era isso.

Passou por cima de uma antepara e foi dar em um corredor maior. De um dos lados do corredor vinha uma fumaça acre; então ele foi para o outro lado.

Chegou até um monitor de observação inserido na parede por trás de grossas lâminas de plexiglas, que ainda assim estavam bastante arranhadas.

– Será que dá para desligar isso? – pediu a Ford Prefect, que estava agachado diante dele, em meio a uma pilha de equipamentos de vídeo que ele usurpara de uma vitrine em Tottenham Court Road, após ter arremessado um pequeno tijolo através do vidro, e também a uma quantidade indecente de latinhas de cerveja vazias.

– Psst! – sussurrou Ford, olhando com uma concentração maníaca para a tela. Estava assistindo a *Sete homens e um destino*.

– Só um pouquinho – insistiu Arthur.

– Não! – gritou Ford. – Estamos chegando na melhor parte! Escuta, eu finalmente consegui resolver tudo, as voltagens, conversões de linha, tudo, e essa é a melhor parte!

Com um suspiro e uma dor de cabeça, Arthur sentou-se ao lado dele e assistiu à melhor parte. Ouviu os brados, gritos e uivos de Ford o mais placidamente que pôde.

– Ford – disse ele, finalmente, quando o filme terminou e Ford estava caçando *Casablanca* em uma pilha de fitas –, como é possível...

– Esse é o melhor – disse Ford. – Esse é o filme que me fez voltar. Você sabia que nunca consegui vê-lo inteiro? Eu sempre perco o final. Eu revi pela metade na véspera do ataque dos vogons. Quando eles destruíram tudo, pensei que nunca mais fosse ver o final. Ei, o que aconteceu com aquela história toda, afinal?

– Coisas da vida – disse Arthur, e apanhou uma cerveja.

– Ah, isso de novo – disse Ford. – Imaginei que pudesse ser algo assim. Eu prefiro coisas assim – disse ele quando o Bar do Rick apareceu na tela. – Como é possível o quê?

– O quê?

– Você começou a dizer "como é possível...".

– Como é possível, se você detesta tanto a Terra, que você... ah, deixa pra lá, vamos assistir ao filme.

– Isso aí – concordou Ford.

capítulo 40

Não há muito mais para contar.

Para além do que costumava ser conhecido como os Ilimitados Campos de Luz de Flanux, antes que os Feudos Confinantes Cinzentos de Saxaquine fossem descobertos pouco depois deles, encontram-se os Feudos Confinantes Cinzentos de Saxaquine. Nos Feudos Confinantes Cinzentos de Saxaquine encontra-se a estrela Zarss, em torno da qual orbita o planeta Preliumtarn, onde fica a terra de Sevorbeupstry, e foi à terra de Sevorbeupstry que Arthur e Fenchurch finalmente chegaram, um pouco cansados da viagem.

E em meio à terra de Sevorbeupstry chegaram à Grande Planície Vermelha de Rars, limitada ao sul pelas Montanhas de Quentulus Quazgar, no extremo das quais, de acordo com as últimas palavras de Prak, encontrariam em letras flamejantes de dez metros de altura a Mensagem Final de Deus para Sua Criação.

Segundo Prak, se a memória de Arthur fosse correta, o lugar era vigiado pelo Lajéstico Vantraconcha de Lob e foi, de certa maneira, o que descobriram. O Lajéstico Vantraconcha de Lob era um homenzinho usando um chapéu esquisito que vendeu um ingresso para eles.

– Mantenham-se à esquerda, por favor – disse ele –, à esquerda – instruía o sujeito, passando por eles em uma motoneta.

Perceberam que não eram os primeiros a passar por ali, pois o caminho pela esquerda para a Grande Planície estava gasto e salpicado de barraquinhas. Em uma delas compraram uma caixa de chocolate que havia sido cozinhado em um forno numa caverna da montanha, caverna essa que era aquecida pelo fogo das letras que formavam a Mensagem Final de Deus para Sua Criação. Em outra barraquinha, compraram alguns cartões-postais. As letras haviam sido embaçadas com tinta em spray, "para não estragar a Grande Surpresa!", conforme dizia no verso do postal.

– A senhora sabe qual é a mensagem? – perguntaram a uma senhora franzina em uma das barracas.

– Ah, sim – respondeu ela, toda alegre –, sei sim!

Fez um gesto para que prosseguissem.

A cada trinta quilômetros, aproximadamente, havia uma pequena cabana de pedra com chuveiros e toaletes, mas a caminhada era penosa e o sol a pino torrava a Grande Planície Vermelha e a Grande Planície Vermelha ondulava no calor.

– Podemos alugar uma dessas motonetas? – perguntou Arthur em uma das barracas maiores. – Uma daquelas que o Lajéstico Vantrasei-lá-o-quê tinha.

– As motonetas não são para os devotos – respondeu a senhora que servia sorvetes.

– Tudo bem, está resolvido, não somos exatamente devotos. Apenas interessados – disse Fenchurch.

– Então vão ter que voltar agora – disse a senhora, severamente, e, quando eles contestaram, ela aproveitou para lhes vender bonés da Mensagem Final e uma fotografia dos dois abraçados na Grande Planície Vermelha de Rars.

Beberam refrigerantes à sombra da barraca e depois voltaram a se arrastar pelo sol.

– O nosso creme protetor está acabando – comentou Fenchurch alguns quilômetros depois. – Podemos seguir até a próxima barraca ou voltar para a última, que está mais perto, mas aí vamos ter que voltar tudo de novo.

Olharam para a frente e viram, lá longe, o minúsculo pontinho preto tremulando sob o sol; olharam para trás. Decidiram continuar andando.

Então descobriram que não só não eram os primeiros a fazer aquela jornada como não eram os únicos caminhando naquele exato momento.

Um pouco mais adiante deles, uma criatura atarracada e desajeitada se arrastava miseravelmente, avançando com penosa lentidão, meio mancando, meio rastejando.

Andava tão devagar que eles logo alcançaram a criatura e puderam ver que era feita de um metal gasto, marcado e retorcido.

Gemeu para eles quando se aproximaram, despencando no chão quente, seco e coberto de poeira.

– Tanto tempo – gemeu ele –, ai, tanto tempo. E tanta dor, mas tanta, e tempo demais para lamentar essa dor. Se fosse apenas um ou outro, dava até para agüentar. Mas os dois juntos realmente acabam comigo. Ah, oi, você outra vez.

– Marvin? – disse Arthur bruscamente, agachando-se ao lado dele. – É você?

– Você continua imbatível quanto às perguntas superinteligentes, não? – gemeu ele.

– O que é isso? – perguntou Fenchurch num sussurro, alarmada e agachada atrás de Arthur, agarrando-se no seu braço.

– Um velho amigo meu – disse Arthur – Eu...

– Amigo! – resmungou o robô, tristemente. A palavra morreu em uma espécie de estalo e lascas de ferrugem saíram de sua boca. – Sinto muito, mas preciso de um tempinho para tentar lembrar o que essa palavra significa. Os meus bancos de memória já não são mais os mesmos, sabe, e qualquer palavra que caia em desuso por alguns poucos zilhões de anos tem que ser transferida para um banco de memória auxiliar. Ah, aqui está.

A cabeça danificada do robô estalou um pouco, como se estivesse pensando.

– Hum – disse ele –, que conceito peculiar.

Pensou mais um pouco.

– Não – disse ele, finalmente –, acho que nunca conheci um desses. Sinto muito, não posso ajudá-lo nisso.

Arranhou o joelho no chão, tentando se levantar apoiado nos cotovelos deformados.

– Existe alguma última tarefa que eu possa fazer por vocês? – perguntou ele, com uma voz trêmula e oca. – Um pedacinho de papel que talvez queiram que eu apanhe no chão para vocês? Ou talvez preferissem que eu – continuou ele –, abrisse uma porta?

Girou a cabeça em seu pescoço enferrujado e lançou um olhar perscrutador para o horizonte distante.

– Não vejo nenhuma porta por aqui no momento – disse ele –, mas tenho certeza de que, se esperarmos o tempo necessário, alguém vai construir uma. E aí – disse ele, girando a sua cabeça lenta e penosamente para olhar Arthur mais uma vez –, eu poderia abri-la para você. Já estou bastante acostumado a esperar, sabe.

– Arthur – sussurrou Fenchurch em seu ouvido, ríspida –, você nunca me falou sobre isso. O que você fez a essa pobre criatura?

– Nada – garantiu Arthur, tristemente –, ele é sempre assim...

– Ah! – interrompeu Marvin. – Ah! – repetiu ele. – O que você sabe sobre sempre? Você vem dizer "sempre" para mim, logo eu que, por causa dos servicinhos idiotas que vocês, formas de vida orgânicas, me obrigaram a fazer infindavelmente, estou agora trinta e sete vezes mais velho do que o próprio

Universo? Escolha as suas palavras com mais cuidado – tossiu ele – e com mais tato.

Teve um ataque de tosse estridente e depois prosseguiu.

– Deixem-me – disse ele –, continuem em seu caminho, deixem-me penar em meu próprio caminho. A minha hora finalmente está chegando. A minha corrida está terminando. Eu realmente espero – disse ele, acenando debilmente com um dedo quebrado para que prosseguissem – chegar por último. Seria bem apropriado. Aqui estou, com o cérebro do tamanho...

Arthur e Fenchurch o levantaram, apesar dos seus débeis protestos e insultos. O metal estava tão quente que por pouco não criou bolhas nos seus dedos, mas ele era surpreendentemente leve e ficou pendurado sem firmeza entre os braços dos dois.

Foram carregando Marvin pelo caminho da esquerda da Grande Planície Vermelha de Rars em direção às montanhas de Quentulus Quazgar.

Arthur tentou se explicar com Fenchurch, mas era freqüentemente interrompido pelos dolorosos desvarios cibernéticos de Marvin.

Tentaram ver se conseguiam comprar umas peças avulsas para ele em uma das barracas e um pouco de lubrificante, mas Marvin não queria nada.

– Eu não passo de partes avulsas – disse ele.

– Me deixem em paz! – gemeu.

– Cada parte do meu corpo – resmungou – foi substituída pelo menos umas cinqüenta vezes... exceto... – Pareceu alegrar-se, quase imperceptivelmente, por um breve instante. – Você se lembra da primeira vez que nos encontramos? – perguntou a Arthur. – Eu tinha recebido a tarefa mentalmente extenuante de conduzir vocês até a ponte? Eu cheguei a comentar com você que eu estava com uma dor horrível em todos os meus diodos do lado esquerdo? Que eu tinha pedido para eles serem substituídos, mas nunca foram?

Marvin fez uma longa pausa antes de continuar. Eles o carregavam nos ombros, andando sob o sol ardente que não parecia sequer se mover, muito menos se pôr.

– Vê se você consegue adivinhar – continuou Marvin, quando achou que a pausa já havia sido constrangedora o bastante – quais partes do meu corpo nunca foram trocadas? Vamos lá, vê se você adivinha.

– Ai – gemeu ele –, ai, ai, ai, ai, ai.

Finalmente alcançaram a última das pequenas barracas, repousaram Marvin entre eles e pararam para descansar à sombra. Fenchurch comprou umas abotoaduras para Russell, abotoaduras nas quais haviam incrustado pequenos cristais de rocha polidos, garimpados na Montanha Quentulus Quazgar, diretamente debaixo das letras de fogo nas quais a Mensagem Final de Deus para Sua Criação estava escrita.

Arthur passou os olhos em alguns folhetos religiosos no balcão, algumas meditações sobre o significado da Mensagem.

– Está pronta? – perguntou a Fenchurch, que assentiu.

Suspenderam Marvin.

Contornaram o sopé da Montanha Quentulus Quazgar e lá estava a Mensagem, escrita em letras flamejantes sobre o topo da Montanha. Havia um pequeno mirante com um parapeito construído sobre uma enorme rocha logo em frente à Montanha, de onde era possível ter uma visão mais nítida. Tinha, inclusive, um daqueles pequenos telescópios que funcionam com moedas para as pessoas enxergarem as letras detalhadamente, mas ninguém nunca tinha usado o aparelho porque a letras ardiam com o brilho divino dos céus e, se vistas através de um telescópio, causariam danos graves à retina e ao nervo ótico.

Contemplaram a Mensagem Final de Deus, maravilhados, e uma enorme sensação de paz os invadiu, lenta e inefável, uma sensação de compreensão total e definitiva.

Fenchurch suspirou.

– Era isso mesmo – disse ela.

Já estavam olhando há dez minutos quando finalmente perceberam que Marvin, pendurado entre eles, estava tendo dificuldades. O robô, que não conseguia mais levantar a cabeça, não tinha lido a mensagem. Suspenderam sua cabeça, mas ele reclamou que os seus circuitos de visão já estavam quase inoperantes.

Arrumaram uma moeda e o ajudaram a olhar pelo telescópio. Marvin reclamou e xingou os dois, mas eles o ajudaram a ler, letra por letra. A primeira letra era "n", a segunda "o" e a terceira um "s". Havia um espaço. Então, vinha um "d", depois um "e", um "s".

Marvin parou para descansar.

Um pouco depois, eles continuaram e ele pôde ver um "c", um "u", um "l", seguido de um "p", um "a", um "m", um "o" e um "s".

A próxima palavra era "pelo". A última era grande, então Marvin precisou descansar novamente antes de encará-la.

Começava com um "i", depois um "n" e um "c". Então vinha um "o", outro "n", seguido por um "v", um "e", mais um "n" e um "i".

Após uma última pausa, Marvin reuniu as suas forças para o trechinho final.

Leu um "e", um "n", um "t" e, no último "e", deixou-se cair sobre os braços de Arthur e Fenchurch.

– Eu acho – murmurou finalmente, lá do fundo do seu peito corroído e barulhento – que me sinto bem com isso.

As luzes apagaram-se em seus olhos, pela última vez, para sempre.

Felizmente havia um quiosque ali perto, onde era possível alugar motonetas com sujeitos de asas verdes.

epílogo

Um dos maiores benfeitores de todas as formas de vida foi um homem que não conseguia se concentrar em qualquer trabalho que estivesse fazendo.

Foi brilhante?

Certamente.

Foi um dos maiores engenheiros genéticos de sua geração ou de qualquer outra, inclusive várias que ele mesmo projetou?

Sem dúvida.

O problema é que se interessava muito por coisas pelas quais não deveria se interessar ou, pelo menos, como costumavam dizer para ele, não naquele momento.

Ele também possuía, em grande parte por causa disso, um pavio muito curto.

Então, quando o seu mundo se viu ameaçado por invasores terríveis de uma estrela distante, que ainda estavam muito longe mas viajavam bem rápido, ele, Blart Versenwald III (o nome dele era Blart Versenwald III, o que não é estritamente relevante, mas bem interessante porque – deixa pra lá, o nome do cara era esse e podemos explicar por que era interessante depois), foi conduzido a um lugar onde pudesse ficar completamente isolado, protegido pelos mestres de sua raça, com instruções para criar uma linhagem de superguerreiros fanáticos, prontos para resistir e para derrotar os temidos invasores. Ele tinha que criá-los o mais rápido possível e disseram-lhe: "Concentre-se!"

Então ele se sentou próximo a uma janela e contemplou um jardim em pleno verão e projetou, projetou e projetou, mas, inevitavelmente, distraiu-se um pouco com outras coisas e, quando os invasores já estavam praticamente em órbita em torno deles, inventou uma nova raça de supermoscas que podiam descobrir, por conta própria, como voar pela metade aberta de uma janela entreaberta e também um interruptor para desligar crianças. As comemorações dessas incríveis descobertas pareciam fadadas a durar muito pouco, porque o desastre era iminente – as naves espaciais já estavam pousando. Mas, para a surpresa de todos, os temíveis invasores, que, como a maioria das raças beligerantes, só estavam comprando briga com os outros porque não sabiam lidar com seus problemas domésticos, ficaram tão impressionados com as invenções extraordinárias de Versenwald que decidiram participar das comemorações e foram imediatamente persuadidos a assinarem uma série de acordos comerciais abrangentes e a instituírem um programa de intercâmbio cultural. E, em uma surpreendente inversão da prática tradicional na conduta desses assuntos, todos os envolvidos viveram felizes para sempre.

Havia um motivo para contar esta história, mas, temporariamente, fugiu da mente do autor.

CONHEÇA OUTROS TÍTULOS DA SÉRIE

O Guia do Mochileiro das Galáxias

Considerado um dos maiores clássicos da literatura de ficção científica, *O Guia do Mochileiro das Galáxias* vem encantando gerações de leitores ao redor do mundo com seu humor afiado.

É o primeiro título da famosa série escrita por Douglas Adams, que conta as aventuras espaciais do inglês Arthur Dent e de seu amigo Ford Prefect. A dupla escapa da destruição da Terra pegando carona numa nave alienígena, graças aos conhecimentos de Prefect, um E.T. que vivia disfarçado de ator desempregado enquanto fazia pesquisa de campo para a nova edição do *Guia do Mochileiro das Galáxias*, o melhor guia de viagens interplanetário.

Mestre da sátira, Douglas Adams cria personagens inesquecíveis e situações mirabolantes para debochar da burocracia, dos políticos, da "alta cultura" e de diversas instituições atuais. Seu livro, que trata, em última instância, da busca do sentido da vida, não só diverte como também faz pensar.

O Restaurante no Fim do Universo

Depois de escapar da destruição da Terra, o humano Arthur Dent faz amizades e se enturma com a mais estranha tripulação do universo. Seus amigos de viagem são Ford Prefect, alienígena e correspondente do livro *O Guia do Mochileiro das Galáxias*; Zaphod Beeblebrox, ex-presidente da Galáxia e procurado pela polícia interplanetária; Trillian, humana que fugiu da Terra com Zaphod depois de uma festinha; e Marvin, um andróide maníaco-depressivo.

A bordo da nave Coração de Ouro, Dent e seus amigos partem em busca de um lugar para comer. Depois de fazerem a mais estranha refeição de suas vidas, eles seguem pelo espaço para encontrar o homem que rege o Universo e acabam por desvendar a questão sobre a Vida, o Universo e Tudo Mais.

Num clima totalmente *nonsense*, Douglas Adams despeja sua ironia marcante, sua imaginação sem limites e seu senso de humor inigualável na mais louca aventura espacial da ficção científica.

A Vida, o Universo e Tudo Mais

Após as loucas aventuras vividas com seus estranhos amigos em *O Guia do Mochileiro das Galáxias* e *O Restaurante no Fim do Universo*, Arthur Dent ficou cinco anos abandonado na Terra Pré-Histórica. Mesmo depois de tanto tempo, ele ainda acordava todas as manhãs com um grito de horror por estar preso àquela monótona e assustadora rotina.

Talvez Arthur até preferisse continuar isolado em sua caverna escura, úmida e fedorenta a encarar a próxima aventura para a qual seria forçosamente arrastado: salvar o Universo dos temíveis robôs xenófobos do planeta Krikkit.

Usando o planeta Krikkit como paródia da nossa sociedade e das guerras raciais, Adams cria uma história divertida, inteligente e repleta dos mais inusitados significados. Esse é o terceiro volume da "trilogia de quatro livros" de Douglas Adams, um dos mais cultuados escritores de ficção científica de todos os tempos.

Conheça os 30 clássicos da Editora Sextante

- *O Código Da Vinci*, *Anjos e Demônios* e *Fortaleza Digital*, de Dan Brown
- *Pais brilhantes, professores fascinantes*, *Nunca desista de seus sonhos* e *Você é insubstituível*, de Augusto Cury
- *O monge e o executivo*, de James C. Hunter
- *Um dia "daqueles"*, *O sentido da vida* e *Querida mamãe, obrigado por tudo*, de Bradley Trevor Greive
- *Por que os homens fazem sexo e as mulheres fazem amor?*, de Allan e Barbara Pease
- *Os 100 segredos das pessoas felizes* e *Os 100 segredos das pessoas de sucesso*, de David Niven
- *Enquanto o amor não vem*, de Iyanla Vanzant
- *A última grande lição* e *As cinco pessoas que você encontra no céu*, de Mitch Albom
- *A Dieta de South Beach*, de Arthur Agatston
- *O ócio criativo*, de Domenico de Masi
- *Não leve a vida tão a sério*, de Hugh Prather
- *O Poder do Agora*, de Eckhart Tolle
- *A vida é bela*, de Dominique Glocheux
- *Palavras de sabedoria* e *O caminho da tranqüilidade*, de Sua Santidade, o Dalai-Lama
- *Muitas vidas, muitos mestres* e *Só o amor é real*, de Brian Weiss
- *Histórias para aquecer o coração*, de Jack Canfield e Mark V. Hansen
- *Conversando com os espíritos*, de James Van Praagh
- *Aprendendo a gostar de si mesmo*, de Louise Hay
- *Mantenha o seu cérebro vivo*, de Lawrence Katz e Manning Rubin
- *Aprendendo a silenciar a mente*, de Osho

Informações sobre os próximos lançamentos

Para receber informações sobre os lançamentos da EDITORA SEXTANTE, basta enviar um e-mail para atendimento@esextante.com.br ou cadastrar-se diretamente no site www.sextante.com.br

Para saber mais sobre nossos títulos e autores, e enviar seus comentários sobre este livro, visite o nosso site: www.sextante.com.br

EDITORA SEXTANTE
Rua Voluntários da Pátria, 45 / 1.404 – Botafogo
Rio de Janeiro – RJ – 22270-000 – Brasil
Telefone (21) 2286-9944 – Fax (21) 2286-9244
E-mail: atendimento@esextante.com.br